地球平面委員会

浦 賀 和 宏

幻冬舎文庫

地球平面委員会

「子供というやつは、やっとの思いで小学校を卒業するころには、必ず誤説を事実としてしっかり頭のなかにたたきこまれているものだ。たとえば、時がたつにつれ、ワーテルローの戦いが一八一五年だったということや、七掛ける六が四二だというようなことは忘れてしまうかもしれない。しかし、彼は決して、息をひきとるそのときまで、コロンブスが世界が丸いことを証明した、ということは忘れないのである」

『次元がいっぱい』アイザック・アシモフ著　酒井昭伸訳　ハヤカワ文庫

「アメリカの本格ミステリ黄金時代を代表する推理作家エラリー・クイーンは、マンフレッド・B・リーとフレドリック・ダネイの合作ペンネームである、とされている。エラリー・クイーンというのはあくまで二人の作家が創造した名探偵なのだ、というのが通説であるが、クイーン初期の国名シリーズ序文にその手がかりが示されている通り、実はエラリー・クイーンは実在の探偵であり、推理作家クイーン氏は、実は記録物語を書いていたのだ、とJ・J・マック氏がオフレコの会見で認めたのは、十年ほど前のことだった。以来、探偵や事情通の推理作家の間では、エラリー・クイーンが実在するというのは紛れもない事実として認定されていた」

『コズミック　世紀末探偵神話』清涼院流水著　講談社ノベルス

プロローグ

宮里真希は一九八一年十二月三日に、東京の目黒で生まれた。

戦後を経た日本は、あらゆる意味で過密な国となっていた。ありとあらゆる世代の、ありとあらゆる人種が、国土にあふれ返っていた。ありとあらゆる情報と、ありとあらゆる娯楽も。人々はその選択で、人生の大半を費やした。真希はそんな日本の、中心で生まれた。

真希の両親は彼女にピアノを習わせたが、私立の小学校を受験させるほど、教育熱心ではなかった。父親は役所に勤める公務員で、母親は専業主婦だった。

真希の小学校入学の祝いに、両親は彼女に地球儀を贈った。真希は、その、自らが立つ惑星の模型をいたく気に入った。寝付かれぬ夜には、布団の中でその地球儀を回し、世界について思いを馳《は》せた。自分がこんな丸い球の上に存在しているなど、なかなか実感が湧《わ》かなかった。

幼稚園や保育園の類《たぐい》に通っていなかった真希にとって、世界といえば家族と近所の友達と親戚ですべてだった。だが、小学校に入学した真希を待っていたのは、自分と異なる価値観を持った大勢の同級生だった。異なる嗜好、異なる思想、異なる家族。新しい友達からの刺激を受け、真希の地球儀の領域は少しずつ広がっていった。

友達の話題の多くを、テレビ番組が占めていた。程なくして彼女も膨大なマスメディアやサブカルチャーの洗礼を受ける。ブラウン管の中のアイドルグループに夢中になり、そのコンサート公演のチケット争奪戦に血眼《ちまなこ》になって加わった。テレビゲームは新しい機種が出る度に買い換え、人気のゲームソフトが発売されると前の晩から徹夜して手に入れた。そういった少女が決して珍しくない世の中に、日本はなっていた。

真希は中学卒業後、都内の高校に進学した。身長も、母親を追い越した。小学校入学から高校卒業までの十二年間、真希の趣味もそのつど変わっていった。読むファッション誌は『セブンティーン』から『ＶｉＶｉ』に変わり、遊ぶゲーム機はファミコンからプレイステーションへ変わり、好きなアイドル歌手は光ＧＥＮＪＩからバックストリート・ボーイズに変わっていった。

真希は大学生になっていた。

1

春のキャンパスは、ささやかな桜の花びらと、過剰なサークル活動の勧誘で満ちていた。

在校生たちが配っている色とりどりのチラシ。

右手でバスケサークルのチラシを受け取ると、左からはバドミントンサークルのチラシを持った手が伸びてくる。足下で、軽音楽サークルやソフトボールサークルのチラシも風に舞っている。誰も彼も、新入生を集めるのに必死だ。

こんなチラシ、大半はすぐにゴミ箱直行に決まっている。資源の無駄だし、学園環境の美化も著しく損ねるだろう、なんて優等生じみたことも考える。

時たま頭上から、まるで思い出したようにひらひらと舞い落ちる桜の花びらも、僕の気持ちを萎《な》えさせた。

なにかサークルに入らなければならないと思っているけど、どれにしようか決めかねている。できれば今日の内に、どこかに顔を出しておいた方がいい。早いに越したことはないから。そんなことを考えて、気持ちは焦るばかりだ。

どうやらこの大学には推理小説研究会はないようなので、僕は安心した。勿論《もちろん》、たったそれだけの理由でこの大学を志望した訳では決してないのだけれど。

大学生になって友達を沢山作るには、まずサークルに入らなければならないというのは鉄則だ。だけど、こうやって勧誘しているのは運動系のものばかり。そのことも僕の優柔不断さをいつも以上にしている原因だった。

自慢じゃないけれど、僕は小学校から高校までの十二年間、体育の授業で『3』以上を取ったためしがない。自分では、取り立てて運動神経が悪いとは思わないから、少し頑張ればもっといい成績が貰《もら》えるのかもしれない。

だけど、運動は嫌いだ。

疲れるのが嫌いなのだ。

少し運動しただけでも、すぐに喉が水分を欲する。僕は根っからのインドア派だった。

足下に落ちている軽音楽サークルのチラシを拾い上げる。これは運動系ではないし、バンドで演奏するのはなんとなくカッコいいイメージがある。それに音楽は嫌いじゃない。

チラシには二時から四〇一号室で説明会あり！　と大きく印刷されている。一瞬、ここを覗《のぞ》いていこうかという気持ちになる。

だけど中学の時に始めたキーボードも、高校の時に始めたギターも、どっちも中途半端で終わってしまったことに気付く。音楽が好きといっても聴くのが主で、実際自分で演奏するといったらバンドでアンサンブルを奏でる以前の腕前だ。

僕は軽音楽サークルのチラシを屑籠《くずかご》に捨てた。

面倒だった。楽器を練習するのも、どのサークルに入るのか決めるのも。

サークルの活動だって面倒かもしれないけど、友人は多くて困るものではない。

笠木涼に相談してから決めようと、思った。

彼は僕の幼なじみで、同じ小学校と同じ中学に通った。高校は別になったけど、再び大学で一緒になるなんて奇跡だ。入学試験会場でお互いの姿を見つけたとき、僕らは久しぶりの再会を小躍りして喜んだ。

その笠木は、向こうでゴルフサークルの女の子と親しげに話している。

ゴルフ！　ロバート・レッドフォードの『バガー・ヴァンスの伝説』は好きだったけど、自分でプレイするとなったら話は別だ。ゴルフというスポーツは、なんとなくハイソサエティの優雅なイメージがする。貧乏学生がやるもんじゃない。勧誘に負けて笠木がゴルフサークルに入り、そして僕まで誘ってきたらどうしよう。

その時だ。

空からなにかが、桜の花びらと一緒にひらひらと落ちてきた。

周囲の話し声も止《や》んだ。

それはピンク色の紙片だった。

百枚以上はあるだろうビラが、僕らの頭上に降り注いだ。

一瞬、僕は度肝を抜かれて立ち尽くし、思わず頭上を見た。

視界のほとんどがピンクの紙切れで埋まってゆく。

きっと、誰かが屋上からビラを撒《ま》いたんだろう。いくら新入生の勧誘のためだとはいえ、思い切ったことをする奴もいるものだ。

三号館の屋上の端っこに誰かが立っているのが見えた。

チェックのミニスカートにジーンズのジャケットを着た女の子。カジュアルだけど、着こなしかたに品がある。

腕組みをして、得意そうに下界を見下ろしている。

目が合ってしまった。

ショートヘアの髪の向こう側の瞳が僕を見つめ、彼女は勝ち誇ったように微笑《ほほえ》んだ。四階建ての屋上だから細かな顔形は分からなかったけど、全身から醸し出すある種の雰囲気は、感じ取ることができた。

すぐに彼女は屋上から姿を消した。だけど僕は彼女を見上げた姿勢のまま、しばらく動けなかった。

——なに？　これ。

——また、変人連中が馬鹿なことやりやがって。

その周囲の声で、僕は我に返る。

新入生は紙切れを拾い上げ、興味深げに見つめていたけど、勧誘している先輩たちは、まるでこんなことは日常茶飯事の様子でやれやれと肩をすくめている。

屋上からビラを撒く。そんな行為は学校側から禁止されているに違いない。もし認められていたら、とっくに誰かがやっている。みんな、新入生獲得には必死なのだ。ほんの少し常軌を逸脱した、ほんの少しアナーキーな行為。

僕は腰を屈《かが》めて、地面に大量に落ちている、彼女が撒いたビラを手に取った。

そこにはこんな文句が印刷されていた。

新委員募集中。

あなたも信じてみませんか――。地球が平面であることを。

興味がある人は、六号館の一階の突き当たりの部屋まで。

地球平面委員会

僕は目が点になった。

「おい、なにぼぉっとしてるんだ」

と後ろから声が飛んできた。笠木だ。彼は女の子との話に夢中になって、ビラのことに気付かなかったのだろう。

僕は手に持ったビラを笠木の顔の前で、ひらひらとなびかせ、

「これ、なにかな？」

と聞いてみた。

笠木はビラを受け取り、手に持ちまじまじと見つめた。

「なんだこりゃ。怪文書かなにかの類か」

「さっき、空から降ってきた。あの上から、女の子が撒いてた」

笠木は周囲を見回す。ビラはコンクリートの地面のあちこちに落ちている。芝生や植

え込みの中、桜の木の上までも。

「まったく、はた迷惑なことをするやつはどこにでもいるんだな。そんなことよりもお前、どこに入るか決めたか？」

「いや——決めかねてる」

「ゴルフサークルにしようぜ。なんか渋くてカッコいいじゃん」

笠木はビラのことなど一瞬で忘れ去ったようだ——。それも仕方がないことかもしれない。

笠木は屋上からこちらを見下ろしている彼女の姿を見ていない。もちろん、目も合っていない。

すでに僕の頭の中には、ゴルフサークルや軽音楽サークル、その他もろもろのサークルのことなどなかった。

あるのは地球平面委員会のことだけだった。

なぜこんな怪しげなビラに僕は惹《ひ》かれるのだろう。

その理由は屋上からビラを撒いていた女の子に起因していることは明らかなように思えた。

2

六号館は、大学の敷地内の、隅っこにあった。講義に使われる日は週に数えるほどしかない。他の教室が全部ふさがってしまった時に、臨時で使うのだそうだ。

人通りも急に少なくなる。遠くから微《かす》かに聞こえる他のサークルの勧誘の声が、行くんじゃない、と僕らを呼び止めているようにも聞こえる。

「ほんとに入るのか？」

訝《いぶか》しげに笠木は言う。

興味があるサークルの説明会はすべて回り、残っているのが地球平面委員会だった。

ビラには時間は指定されていなかったから、いつ行っても平気だろうと思った。まだ陽《ひ》は高い。

僕はビラを握りしめ、笠木と共に六号館へと歩いていた。一人で行くのは心細いから彼にも付き合ってもらったのだ。

「ちょっと行って話を聞いてみるだけ」

チェックのミニスカートの彼女に会えるかもしれないという下心もあった。

風が吹き、木々がかさかさと揺れ、不安をあおり立てる。コンクリートの地面が急に湿っぽくなり、僕らの足にまとわりつくような、そんな錯覚を覚える。

「あんまり感心しないな」

「なにが？」

「そんな変な連中に係わるのは」

笠木はなぜ、僕が地球平面委員会を訪問する気になったのか、訊《たず》ねようとはしなかった。長い間付き合ってきたから、口に出さなくても雰囲気や態度で分かるのだろうか。

「六号館はこの先？」

「ああ、一本道だから迷いようもない」

その笠木の問いに答えながら、僕はこんなことを考えていた。『ロンドンのキングズ・クロス駅の9と¾番線』や『マーティン・フレマー・オフィスビル、7と½階』みたいに、〝何と何分の一〟の道でなくて良かったと。もしそうだったら本当に迷ってしまうところだった。

いかがわしくて、怪しげな組織には、そんな珍妙な道案内がふさわしい。

六号館は平べったい建物だった。もちろん、六階建ての一号館や、十階建ての二号館と比較しての話だ。

僕らは二階建ての六号館の扉を開け、中に踏み入った。

周囲を見回す。とりたてて不衛生な印象は受けなかったけれど、ひび割れた壁や向こうでちかちかと瞬《またた》く蛍光灯が、建物の老朽化が進んでいることを感じさせる。

一階の突き当たりに地球平面委員会がある。この廊下の向こうだ。

「こっちだ」

「おう」

僕らはしずしずと歩き始めた。

何故だか、自然と抜き足差し足になる。

あまりにも静かだから、騒いではいけないのではないかと思ってしまうのだ。現に僕と笠木の話し声も、よく響く。

廊下はそう距離はない。訪問者が来たことは、もう向こうには分かっていることだろう。

やがて、そのドアの前に辿《たど》り着いた。

合板の、なんの変哲もないドアだった。

窓ガラスがはめ込まれているけれど、曇りガラスだから中の様子をうかがい知ることはできない。ただ漏れる光から、電灯がついていることだけは分かる。

窓ガラスには、ラベルワープロで作ったと思われる、幅三センチ長さ二十センチ程のラベルが貼られていた。

地球平面委員会

その下にも、まだなにか貼られている。

委員会名とは正反対に小さなラベル。テープ幅は一センチ、長さは八センチ程だろうか。だから目をこらさないと、そこになにが印刷されているのか読み取ることはできなかった。

Start of the world

「スタート・オブ・ザ・ワールド？」

僕は思わず、そう口に出してしまった。

その時、室内で物音がした。あっ、と思う間もなく、室内の側からドアは開かれた。そこにはあの女の子が立っていた。屋上でビラを撒いていた、チェックのミニスカートの女の子だ。間近で目が合うと、僕はどぎまぎしてしまった。

「新入委員をご希望？」

と彼女は言った。

悪戯《いたずら》っ子のような口調だった。まるで僕らをからかって、楽しんでいるみたいだった。

「あの、このビラを見て、なんか興味が湧いて」

僕はしどろもどろに言った。

「うん、じゃあ入って。説明するから」

彼女はそう言って、僕らを室内に招き入れた。

僕は思わず笠木と顔を見合わせた。

そこは小さな教室だった。だけど、普段、授業などに使われていないのは一目瞭然《いちもくりょうぜん》だった。

三人用の長いテーブルが、十脚ほどあるけれど、使われているのは、恐らく教室の中央にくっつけるように置かれている数脚だけだろう。あとは無造作に教室の後ろに追いやられていた。椅子も同じようなものだ。

中央のテーブルには、この委員会名とは恐らく正反対のものが置かれている。地球儀だ。勿論、丸い普通のやつ。それから雑誌の『V・i・V・i』とバックストリート・ボーイズのCD。

「一人も来ないと思ったけど、来るもんだな」

足を一歩踏み入れた途端、僕らを迎えたのは、そんな自嘲《じちょう》じみた台詞《せりふ》だった。

そちらを向くと、短髪の男がパイプ椅子に仰《の》け反《ぞ》るように座り、『ビッグコミックスピリッツ』を読んでいた。目が合うと唇の片方をつり上げて、にやりと笑った。椅子に座っているから分からないけれど、立ち上がるとかなりの長身のようだ。

部屋にはもう一人いた。向こうにあるパソコンの前に座って、なにやらキーを叩《たた》いている。癖毛らしくクルクルパーマの髪だ。僕らの方を見ようとする素振りもない。

今、ここにいる人は僕らを含めて五人だけだったけれど、部屋には人間のようで人間でないものがあった。部屋の窓側の隅っこには二体のマネキン人形があったのだ。

いったい、なんでこんなものが？

真っ白いやつ。女性と男性が一体ずつ。ほとんど裸だったけど、マフラーを首にかけられたり、帽子を被《かぶ》せられたり、二体ともそれぞれちょっとしたアクセントが施されていた。

「あれねー。服を着させようと思っているんだけど、予算が出なくて難しいの」

と僕らの視線に気付いたように、彼女は言った。

壁には大きな二枚の地図が貼られている。一枚は世界地図だ。もう一つは、なんの地図だろうとまじまじと顔を近づけてみて、すぐに分かった。この大学がある町内の地図だ。

マクロな地図と、ミクロな地図。正反対だけど、共通点が一つあった。それはどちらも、ここを中心として描かれているということだ。世界地図の方は、この国で作られた他の多くの地図と同じに、日本列島を中心として描かれている。そして町内の地図の中心には、この大学が存在していた。

「さ、まあ、座ってよ。今から説明するから」

と彼女は言って、そこらにあった椅子を適当に持ってきて僕らに勧めた。僕らは言われるままに腰掛ける。椅子が冷たい。何となく場違いのように思えて、気まずかった。

はい、と手渡された缶のコーラは、温《ぬる》かった。プルタブを引くと、炭酸がはねて胸元を汚した。

「ひょっとして、説明会に来たのって、僕たちだけですか?」

笠木が口を開いた。

「うん。そうだよ」

と彼女は答えた。

温いコーラは美味《おい》しくなかった。それでも我慢して一口二口ちびちびと飲んでいると、切なさにも似た奇妙な感情に襲われた。それは後悔に似ていた。来なければ良かったという、ほんの少しの後悔。

あの時、周囲でも噂《うわさ》していた。変人連中が変なことを始めたと。そんなものに興味を抱いた僕も変人ということになる。なにせ、空からビラが降ってきてから数時間経《た》っているのに、ここを訪れたのは僕たちしかいないのだ。

笠木は胡散臭《うさんくさ》そうに周囲を見回している。ほかの部員――委員と呼ぶのが適切なのだろうか――の二人は相変わらず、マンガを読んだり、一心不乱にパソコンに向かったりしている。

そして屋上からビラを撒いた彼女は、僕をじっと見つめている。思わず僕は視線を逸《そ》らした。だけど彼女はそんな僕の動揺などおかまいなしだ。

彼女は僕に向かって言った。

「一つ聞いてもいい？」

「――なんですか？」

「あなたの、名前は？」

僕は身じろいだ。笠木のことを横目でちらりと見た。笠木は顎をしゃくって、言えよ、と言った。

先日のレクリエーションを僕は思い出す。この大学に入学した時に全員必ず受けなければならないガイダンスの、最後のイベントだ。

僕の名前を聞いた教員や同じ部屋の生徒たちは、目を丸くした。男なのに女みたいな名前だよね、と笑う奴までいた。

自己紹介の時はいつもこうだ——。

小学校や中学校や高校、進級し年度の初めのクラス替えは、僕にとっていつも苦痛の時間だった。恥ずかしいだとか、緊張するとか、そんな些細なレベルではない。

仮にそういった問題を抱えていたとしても、努力すれば段々と改善の方向に向かっていくだろう——。

でも僕のコンプレックスは、努力ではどうしようもない、呪いのようなものだった。生まれつきの顔と同じように、決して変えられないもの。

僕は無言で首を横に振った。それから笠木を見やった。名前を言わずに済むなら、それに越したことはなかった。

笠木は鼻で笑った。そして彼女に向かって、笠木です、とぶっきらぼうに言った。

「笠木、なに？　下の名前は？」

「涼です、笠木涼」

しばらく彼女は天井を見つめ考え込むような素振りをし、それから肩をすくめるジェスチャーをした。いったい、どういう意味だろうか。

その時、背の高い男が、けらけらと声を出して笑った。甲高い声だ。マンガに目を落としたまま、こう言った。

「期待するな、あんな名前、滅多にあるもんじゃない」

「そーだよね。でも、もしかして、と思って」

あんな名前？

「どんな名前です？」

と笠木は眉間《みけん》に皺《しわ》を寄せて言った。

多分彼は、この地球平面委員会の皆に不信感を抱いているのだろう。付き合いの長い僕には分かる。

でもそれは笠木じゃなくたって同じだろう。

地球平面委員会という怪しげな名前、壁に貼られた地図、不気味なマネキン人形、そして温いコーラ。

「それはね。メンバーにしか教えられないの。ごめんなさい」

と彼女はにっこり微笑んで、笠木に言った。まるで僕らを煙《けむ》にまいて得意がっているようにも思える。笠木の眉間の皺がますます深くなる。

彼女はこちらに手を差し伸べた。

「私、宮里真希。よろしくね」

怖《お》ず怖《お》ずと、僕はその手を握り返した。

メンバー獲得に必死なんだな、と僕は思った。初対面の挨拶《あいさつ》でいきなり握手を求める日本人は、そう多くないと思う。

「一つ、質問していいですか？」

と笠木が言った。

「一つと言わず、いくつでも質問してよ」

多分、宮里真希が新入生勧誘の担当なのだろう。

僕らの質問に耳を傾けようという素振りを見せるのは、彼女だけだ。長身の男は、ふんぞり返ってマンガを読み、たまに口をはさむだけだし、癖毛の彼に至っては一度も口を開こうとはしない。

「ドアに貼られていたシールの意味はなんですか？」

　と笠木は言った。

「シール？　どんなのだっけ？」

「『スタート・オブ・ザ・ワールド』っていうやつです」

　ああ、あれね。はいはいはい、と今思い出したような声を宮里真希は発した。

「ワールドって言っても、あなたたちが考えている普通の地球の世界のことじゃないよ。平面地球の世界のこと」

「平面地球——」

「そう。ここから——今、私たちが立っているこの部屋から、地球平面思想が始まるということ。私たちは、その思想を世の中に広めるのよ」

　僕は思わず笠木と顔を見合わせた。

　笠木の眉間の皺の深さに一円玉をはさめば落っこちることはないだろう。驚異の超能力だ。摩擦や、皮膚の脂分の関係で額に一円玉が張り付くだけで、超能力だと大騒ぎするテレビ番組があるぐらいだ。売り込めばきっと笠木もエスパーになれる。

「委員は、今現在、何人なんですか？」

　と笠木が訊ねた。

宮里真希は、手を広げながら周囲を見回し、

「ここにいるだけで、全部だよ」

と言った。

「たった、三人？」

笠木が素《す》っ頓狂《とんきょう》な声を出した。

地球平面思想――そんなけったいな思想を信じる者など、片手で数えるほどしかいないということなのだろう。

「この大学には、ね」

宮里真希はそう強調するように言った。そして例のパソコンをカタカタやっている癖毛の彼の方を見やって、

「ネット会員なら、全国に百名ほどいるよ」

「ネット会員？」

僕は思わず聞き返した。

「ホームページを作ってね。全国から会員を募ったの。この大学に限定していたら、いつまで経ってもメンバーは集まらないもんね」

宮里真希は立ち上がり、

「ねえ、ちょっと団田君。この子たちに、ホームページ見せてあげなよ」

その声で、パソコンをいじっていた男は顔を上げ、初めて僕らと目を合わせた。

クルクルの前髪の向こう側から、神経質そうな目が覗いていた。

「──今、プロジェクト・メイヘムの資料を集めているところなんだけど」

とぼそぼそと滑舌《かつぜつ》の悪い口調で言う。

「いいじゃない、ちょっとだけだよ。それとそのプロジェクト名はまだ正式じゃないから滅多やたらに口にしないでね」

「でも、これ以上先延ばしにはできないよ」

「いいじゃない。そんな堅いこと言うとあなたの秘密を暴露しちゃうよ」

宮里真希は、くるりとこちらに向き直って言った。

「紹介するね。この人は団田正樹君。今、三年生だけど、二十五歳。歳食《とし》ってるでしょう？　この人、高校生の時、不良でね。万引きの常習犯だったの。運良く少年院送りにはならなかったんだけど、何度も補導されて高校退学になっちゃって。こうやって更生して、真面目《まじめ》に勉強して大学入ろうと思ったのが不思議なぐらい──」

団田正樹は、椅子から立ち上がり、僕らに席を譲った。やはり誰だって己の若さ故の過ちを人に知られるのは好ましいことではないだろう。

団田正樹がどいた席に座り、宮里真希はコンピュータの操作を始めた。

やがて画面に現れるホームページ。

ちゃんとしたデザイナーが作っている企業のホームページを見慣れている僕らにとっては、いかにも手作りです、という感じの素朴なものだった。個人が作っているホームページだな、とすぐに分かる。ページの最初には、

地球平面委員会
あなたも信じてみませんか――。地球が平面であることを。

とビラと同じ文句が躍っている。

その下には昔の地図らしい画像が大きく表示されている。これでも世界地図のつもりなのだろう。ギリシャ神話に出てきそうな神様たちや、クリーチャーに周囲を囲まれたその大陸は、今の地図や地球儀でよく見知っているそれとは、似ても似つかない。

まだ天動説が信じられていた時代のものだろうか？

「どうぞ」

と宮里真希が席を立った。僕は笠木を見た。お前が座れ、と彼はあごをしゃくった。

宮里真希が譲ってくれた椅子に座り、今度は僕がマウスを操作する。画面を下にスクロールさせると、こんな文句が現れた。

あなた、地球が丸いなんて、本気で信じているの？

その下には別のページにリンクが張られているボタンがある。そこには、

信じていないそこのあなたはここをクリック！

と小さく表示されている。

僕はそのボタンをクリックした。とても資格はないように思えたけれど。

次に画面に現れたページに書かれていたのは、こんな文章だ。

毎日が楽しいですか？

目覚めの朝は快適ですか？

なすべきことをしていない気分に陥ることはありませんか？

心当たりがあるあなた。そこのあなたこそ、この文章を読む資格があるのです。生きていくのが楽しくない、生きている実感がない。そんな哀しみに襲われるのは、私たちが間違った考えを押しつけられているからです。

その考えとは『地球は球体である』というものです。あなたはそれを俄《にわか》に信じられますか？　自分が立っている大地はボールのように丸いと、本当に信じられますか？

本当は私たちは平らな地面に立っているのに、知識がそれを否定する。だから私たちは毎朝目覚める度に、奇妙な違和感に苦しむのです。

宇宙飛行士の中には、地球に帰還してから宗教にのめり込む人たちも多くいるといいます。それはつまり、彼らはその目で、肉眼で、平面の地球を見たからです。自分の常識が音を発《た》てて崩壊してしまったから、神頼みになるしかなかったのです。神はいつも我々を見守っていますと言った人も――


文章はまだ沢山続いていたけれど、僕はそこで顔を上げた。

深い後悔が体中を襲った。軽はずみに正真正銘のやばい世界に足を踏み入れてしまったのかもしれない。

得意そうに微笑む、宮里真希。

僕は、彼女になにを言っていいのかが、分からなかった。

だけど笠木は物怖《ものお》じすることなどない様子だった。

「具体的に、委員会の活動って、いったいなにをやるんですか？　地球平面思想のプロパガンダ？」

その笠木の問いに、宮里真希はふふふと笑って、

「それ以外に、なにがあると思う？」

と答えた。もっともな話だった。

「で？　君らは、この委員会に入るの？」

なにも答えない、僕と笠木に痺《しび》れを切らしたのか、長身の男はマンガを閉じ、僕らを見た。

「だめだよ。福島君。この子たち、まだ見学に来ただけなんだから。そんなに答えを焦らしちゃ可哀想だよ。――ああ。紹介し忘れてたけど、この人は福島古太。一応、副委員長ね」

「――っていうことは」

「言い忘れたけど、私が地球平面委員会の委員長、よろしくね」

彼女がリーダーという訳か。道理でさっきっから彼女一人がよく喋《しゃべ》っている。委員長

に広報も兼ねているのだろう。何せ三人しかいない組織だ。

「委員会、ということは、会議でもするんですか？」

と今度は僕が質問した。

「うん、そうだね。年に一回ぐらい、全国の主要メンバーを集めて、都内で会議するのよ」

「どっか、会場とか借り切るんですか？」

と僕は訊ねた。百人のメンバーで会議をするには、それなりの部屋が必要となる。

「うん。居酒屋でね」

「居酒屋？　百人が？」

「そんなに来る訳ないよ。メンバーは北海道から沖縄までいるんだから。集まるのは、精々二十人ぐらいかな」

要するに、単なる飲み会か。

僕は笠木と顔を見合わせた。こんなに笠木の顔を見る日は珍しい。

思った以上に奇妙な委員会だ。外側から眺めているだけならそれなりに楽しいだろうけど、この輪の中に入るのは、ちょっとだけ勇気がいる。

「で、君らは委員会に入るの？」

と福島古太が再度言った。だけど、その後の一言が、僕たちを凍りつかせた。

「入るのは歓迎するよ。ただし、入ったら最後、俺たちは一蓮托生《いちれんたくしょう》だ。逃げるということは死を意味する」

そう言って、福島古太は低い声で笑った。その声は、この狭い地球平面委員会の委員会室に満ちてゆく。

しばらくすると、笑い声に宮里真希も加わる。黙りこくってパソコンをいじっていた、暗そうな団田正樹までも。

背筋が寒くなった。

その時、横から、

「嘘でしょう？」

という笠木の声が聞こえた。

その声で、三人は大爆笑した。

その笑いの対象は僕であるように思えた。笠木をちらりと見やる。やれやれと呆《あき》れた顔をしていた。この子供っぽい三人に呆れているのだ。しかし、その子供っぽい冗談を信じ込んだ僕が一番子供っぽいということか。

そりゃそうだ。よく考えてみれば分かることだ。この委員会を退会したら、死ぬなんて！

馬鹿馬鹿しい。

僕はなんだかお尻がむずがゆくなって立ち上がった。居たたまれないような気分になったのだ。

立ち上がり、笑い声を背に壁に貼られている二枚の世界地図に近づく。ちょっとしたポスター並みの大きさだ。

彼らの言うことを信じるのならば、地球はこの地図のように平たいということなのだろうか。

もし彼らの言うことが事実だとしたら、その端っこは、いったいどういうふうになっているのだろう？

僕は地図を見つめたまま、壁に沿ってゆっくりと歩を進めた。

世界地図が終わると、今度は一気に規模が小さくなる。だけど、その分、リアリティが増す。それはこの大学がある町内の地図だった。見知った地名、今朝使ったバス停、今暮らしているアパート、駅。ああ確かに今自分はここで暮らしているんだと、そう実感を持って考えることができる。

ふと、誰かに見つめられているような気持ちになった。そちらを向くと、例のマネキン人形があった。

首に、季節はずれの赤いマフラーを巻かれた白い男の人形。モデルみたいなスタイルと、端整な顔立ち。なのにほとんど裸で、身につけている物といえばマフラーだけだから、珍妙な見てくれだ。

いったいどこから入手したのか。こんなものを飾っているなんて、やっぱりこの委員会の連中はどうかしている。

僕は物珍しい思いで、そのマネキン人形に近づいた。手を伸ばして、もこもこしてそうな赤いマフラーに触れようとする。

——と。

その瞬間。

『みんな、学長の横暴な政策にはうんざりしているよ』

僕は、うわッ、と声を上げて仰け反った。このマネキン人形は言葉を喋ったのだ！

人形から一歩二歩と後ずさる。その僕のたまげた様子を見た、宮里、団田、福島の三人は更に大きな声を上げて爆笑した。

「ごめんごめん、驚かせちゃったみたいねー」

惚《ほう》けたように口を開けている笠木の後ろから、宮里真希が僕に声をかけた。

「このマネキン人形ね。センサーがついてて、人が近づくと喋るようになっているの。東急ハンズで売ってる電子工作キットを利用してね。私たちの声を吹き込んだＩＣチップを注文して作ってもらったの。特製だよ」

つかつかと宮里真希はマネキン人形に近づき、そしてスキップをするように、人形の前で行ったり来たりを繰り返した。

そのたびにマネキン人形は何回も同じフレーズを繰り返す。


『みんな、学長の横暴な政策にはうんざりしているよ』

『みんな、学長の横暴な政策にはうんざりしているよ』

『みんな、学長の横暴な政策にはうんざりしているよ』


僕はその間抜けな言葉を背に、マネキンから離れた。

学長？　政策？　いったい、なんのことだ。

宮里真希は、しばらくマネキン人形の前で、楽しげにタップを踏んでいた。靴のかかとが床に当たって音がするたび、マネキン人形は同じ言葉を繰り返す。

ぼんやりとその宮里真希の姿を眺めていると、笠木が僕の服の袖を引いて、無理やりドアの近くまで引っ張って行った。

「なんだよ」

笠木は一円玉がはさめる例の眉間の皺を見せ付けるかのように顔を近づけ、小声で言った。

「マジでやばいぜ。早く帰ろうぜ」

笠木の言葉がその程度で済んだのは、小声でも、この部屋にいる三人に聞かれないだろうかと不安だったからに違いない。

一歩この部屋を出れば、いったいどんな言葉がその口をついて出るのだろうか。あの連中は完全にいかれている。近づかない方がいい。あんな連中と同類になりたいのか
――エトセトラエトセトラ。

「じゃあ、僕たちこれでおいとましょます」

と白々しく笠木が大声で言った。

「入会の手続きはしないの？」

「はあ、ちょっとまだ迷っているんで、入会するかどうかはもう少し考えさせてくださ

い」

入会するつもりなんて、これっぽちもないくせに。

「そうなの——残念だな」

と宮里真希が呟《つぶや》いた。

きっと笠木の胸の内を察したのだろう。でも宮里真希は口で言うほど残念そうには見えない。

こんなことは何回も繰り返されているので、慣れっこになっているのだろうか。

「それじゃあ、さよなら」

と笠木は言った。

僕も後ろを振り向いて、さよなら、と言った。笠木は早く逃げ出したいと思っているのだろうけど、正直、僕はまだ地球平面委員会に未練があった。

その感情は、多分宮里真希に起因しているんだと思う。こんな女の子と付き合いたいな、とまではいかないけれど、ちょっと仲良くなりたいなという感情。少なくとも見た目だけは魅力的な女の子だった。地球平面論を信じている中身は別にして。

ドアを開け、外に出ようとした時、背後から宮里真希の声が降ってきた。

「ねえ、君。まだ名前聞いてないよね。一応、教えてくれない？」

再び名前を聞かれてしまった。今日は自分の名前を口にせずここを後にできると思ったのに。

できることなら言いたくはなかった。だけど、早く帰ろうとする笠木の態度に押されて、思わず僕は言ってしまった。

「クイーンです、大三郎・クイーン」

その名を聞いたであろう宮里真希の表情を確認せずに、ドアを閉めた。

3

唐突だけど、一番好きな映画はなに？　と聞かれたら、僕は迷わずに『ロボコップ』と答えるだろう。

犯罪組織のボスがへまをした手下の胸を麻酔をかけずにメスで切り開いて行く『ロボコップ2』でも、クビを言い渡された会社役員がその場で拳銃自殺する『ロボコップ3』でもなく、有毒廃液を頭からかぶった悪党が車に轢《ひ》かれてぐちゃぐちゃに吹っ飛ぶ『ロボコップ』だ。ポール・バーホーベン監督のシリーズ一作目だ。

殺された警官がサイボーグとなって蘇《よみがえ》るのだけど、彼は人間だったころの記憶をあらかた失ってしまっていた。その様が物悲しく、子供だった僕は映画世界に没頭し、そして畏怖《いふ》した。アクションは派手だったし、未来社会を風刺したテレビCMがちょくちょくストーリーに挿入されるのもリアルだった。

初めて観たのが子供の頃だからなのかは定かではないけど、『ロボコップ』はずっと僕のフェイヴァリット・ムービーの座を死守していた。

自己紹介の時には、必ず名前を言う。それだけではなく、好きな映画や、好きなスポーツの披瀝《ひれき》を要求されることも少なくない。

自己紹介の時は、大抵、映画はみんな好きだから、映画の話題になることが多い。好きな映画を言ってください、と担任が話題をふるのだ。

僕の頭の中では名前の大三郎・クイーンのことばかりが去来して、映画についてはこれっぽっちも考えない。そんな余裕はないのだ。

だから僕は正直に言う。一番好きな映画は『ロボコップ』です、と。すると大抵誰かが僕が冗談を言っていると思って笑うのだ。僕は本気で言っているのに。数日前のレクリエーションでもそうだった。

全員参加が義務付けられている新入生対象のガイダンスは講堂と呼ぶのがぴったりくる、この大学で一番大きい教室ではじまる。

そこで型通りの、新入生向けの説明会——時間割やら、履修の手続の方法やら、図書館や保健室の使い方やら——を受けた後、バスに乗って長野県にある学校の施設に向かいレクリエーションのために一泊するのだ。

わざわざ長野で一泊してなにをするかといえば、卒業して今は立派な肩書きを持つO

Bのありがたいお話を聴講し、それから新入生同士と語らい、翌朝みんなで大縄跳びをするのだ。

大縄跳び！　そんなものをしたのは小学生以来だ。まさか大学生になってまで、みんなで仲良く大縄跳びするなんて、僕は想像すらしなかった。

自己紹介の時間は、新入生の語らいの時間に用意される。六人ぶんの布団が敷けるほどの部屋に学籍番号順に振り分けられた二十人が集合した。

映画好きの人間は、かっこつけてロードショー系の大作映画は駄目だよね、とかミニシアター系の方がいいよね、とか言いたがる。勿論、僕も単館系の映画は好きだ。『ガタカ』とか『ヒューマンネイチュア』とか。だけど僕の中でナンバー1の映画は『ロボコップ』で、その座は不動なのだ。

それでも、みんなにはこの映画の面白さはなかなか伝わらない。いや、面白さを理解しようとしない。

それは多分、こんなことだろうと思う。大学生となったらもう大人とあまり変わらない。みんな『ロボコップ』みたいなコミックヒーロー的なアクション映画からは卒業したいと思っているのだ。ましてや一番好きな映画がそんな映画だなんて、恥ずかしくて人様に言えやしない、と思っているに違いない。

小学校高学年、中学校、高校と、自己紹介において『ロボコップ』と僕の名前はセットだった。初めまして、僕の名前はクイーン・大三郎です。好きな映画は『ロボコップ』です――皆、耳を疑う。大三郎・クイーン？　それなに人？　一番好きな映画が『ロボコップ』だって？　いい歳こいてマジかよ？

　レクリエーションでのみんなの反応も、それと大差なかった。

僕はまるでマーフィになった気分だった。ロボコップの本名だ。人間だった時の名前。仲間はみんなロボコップのことをマーフィと呼ぶ。だけどマーフィはもう人間じゃない。今はロボコップだ。映画の中では、ロボコップが歩くと登場人物は皆まじまじとそっちを見ていた。物珍しいからだ。僕の名前もそれと同じこと。

　それでもロボコップは映画のラストで名前を訊かれると堂々とマーフィと答えていた。僕は未《いま》だに堂々と名乗ることができない。

　勿論、この名前を一度聴いたら、誰も忘れない。皆、一発で覚えてくれる。このことだけは良かったと思う。女王様とか呼ばれてからかわれることも多かったけど、それと同じように友達も多かった。就職活動の時は、面接官に強い印象を残せるだろう。営業職にでも就けば、結構いい成績を出せるかもしれない。

　ちなみに、僕の祖父はエラリー・クイーンという名探偵だった。

そう告げると、大体、目を丸くしてびっくりするのが二割、なんか名前は聞いたことあるのが一割、残りの七割は誰それ？　って反応をする。

一応、名探偵エラリー・クイーンは有名人ということになっている。知っている人はよく知っているのだが、知らない人はまったく知らない。そういう有名人だ。

祖父の息子——僕の父だ——には探偵の才能はなかったみたいだ。父は普通のビジネスマンになった。来日していた時、日本人の母と結婚した。それで僕が生まれた。兄と姉がいる。三番目の子供だから大三郎というわけだ。

今でも本屋に行けば、祖父の伝記が沢山売られている。こっ恥ずかしくて読んだことはない。

聞くところによると、本の中では首なし死体とかダイイングメッセージとか密室殺人とかが連発されるのだそうだ。

ほんとかよ、と思ってしまう。フィクションならともかく、その事件は全部実話のはずなのだ。もしかしたら僕の祖父がエラリー・クイーンだなんて、なにかの間違いじゃないかってそんなふうにも思う。たとえ昔のアメリカだって、そんな事件が頻繁に起こったらたまったもんじゃないだろう。

それにしても両親は、なぜ僕に大三郎なんていう純和風な名前をつけたのだろう？

姓がクイーンなのはもうしょうがない。だけど名前ぐらいは、もうちょっと考えようがあったはずだ。

僕の名前は、クイーン・大三郎。大三郎・クイーンの方が良かったら、好きに呼んでください。漫画の主人公だったらこんな名前でもいいかもしれないけど、あいにく僕の人生はコミックじゃない。

だから僕は推理小説研究会がもしこの大学にあったらどうなるのかと、考えただけでもぞっとするのだ。

なにせ僕は天下の名探偵、エラリー・クイーンの孫なのだ。研究会の人間が噂を聞きつけ、しつこく勧誘してくるに違いない。そして祖父が名探偵なら孫もそうに違いないと、僕に事件解決を依頼してくるのだ。難事件なんてそうそう起こらないというんだったら、たとえば推理小説を解決編の前のページまで読ませて、犯人を当ててみろだとか無茶苦茶な要求をするに決まっている。

別に他の大学の推理小説研究会に友達がいる訳じゃないけど、推理小説を研究してるぐらいなんだから、エラリー・クイーンの名前ぐらい知っているだろう。そう、だから地球平面委員会の皆がどれだけ変な連中でも、彼らにとってはエラリー・クイーンはそれほど有名人ではないのだ。

エラリー・クイーンと地球平面論はなんの関係もないはずだ。祖父の名前に彼らが興味を示すことなんてあり得ないと、その時はまだ高を括《くく》っていた。

4

それから顔を合わすたびに笠木は、お前、宮里真希のことが好きなんだろう、とからかうように言ってきた。そのたび僕は、そんなんじゃない、と否定するけれど、真実みがまるでない言葉であることは自分でもよく分かった。

僕が笠木を誘ってあの委員会の説明会に足を運んだのは事実なのだ。なぜ、そんな気になったのか――。それは偏《ひとえ》に宮里真希の存在ゆえであることは確かだった。

屋上からビラを撒く彼女。驚いている僕らを彼女は勝ち誇ったように見下ろしていた。彼女の名前と学年を知りたい、付き合っている男の有無を知りたい、いなければいいな、とそんなことを一瞬でも考えたのは事実だった。

講義が始まる前、僕は笠木とこんな会話をした。

「宮里真希には男がいるに決まっている」

「どうしてそう思う？」

「情報系の大学には男子学生の方が断然多い。少ない女子の中でも、付き合って友達に自慢できる女なんて半分ぐらいだ。つまり競争率が高いってこと。ああこの子可愛いなとお前が思ったら、他の奴も大方そう思うと考えて間違いない。ましてや宮里真希は三年生だ。男がいない方がおかしい」

「じゃあ、望みはこれっぽっちもないってことか」

「ああ。お前にお似合いなのは、たとえば彼女みたいな子だよ」

そう言って笠木が指差したのは、教室の一番前の席だ。

一番前の席は、講師と目が合う確率が一番高いので、座りたがる者は少ない。目が合うってことは、指されて意見を求められるってことだ。マイクロソフトが独占している現在のコンピュータ業界についてどう思うと聞かれたって、困るだけだ。

Ｍａｃを使っている講師はとても多いから、マイクロソフトに対して否定的なことを言えば正解のような気がする。だけど、人間なんてそうそう自分独自の意見なんて持っていないものだし、むやみやたらと自己主張する奴は鬱陶《うっとう》しいものだ。だから僕は講義の最中には指されないように、講師と目を合わさないことにしていた。

その危険度が高い最前列の席には、佐久間愛が座っている。三人掛けの席に、教科書ノートプリントエトセトラを一杯に広げ、宿題の見直しに余念がない。

彼女と知り合ったのは、例のレクリエーションの自己紹介の時だ。同じ部屋だったのだ。僕はできるだけ注目を浴びたくはないんだけれど、こんな名前だからそれは不可能だった。みんなこの名の由来を聞きたがり、結局名探偵エラリー・クイーンの孫だということを披瀝しなければならなくなる。

佐久間愛は、目を丸くしてびっくりする二割の中の一人だった。

笠木は言葉を続けた。

「お前は見た目が外人っぽくて結構かっこいいのに、未だに彼女もいないのは、お前が暗い男だからだよ」

「暗いもんか。彼女がいないのは、この名前でみんな引いてくからだ」

「違う。そんな名前、誰も気にしちゃいないよ」

幼なじみだけあって、笠木は僕の異端な名前に理解を示してくれる。エラリー・クイーンの名前は僕が彼に教えた。それで笠木は興味本位でエラリー・クイーンの本を読み始めたのだ。正直、僕はこっ恥ずかしくて止めてもらいたかった。

数年後、笠木はそのおかげで読書好きになった。エラリー・クイーンはもう飽きた様子で、今度はアガサ・クリスティーを読み始めた。きっと本屋の同じ棚に並んでいるからだろう。

ハヤカワ文庫の背表紙は、クイーンが青で、クリスティーが赤だ。実に分かりやすい。いずれにせよ、祖父の活躍を笠木にこれ以上知られなくて済んで僕は胸を撫《な》で下ろしたのだった。

「エラリー・クイーンの孫のその名前、気にしてるのはお前だけだ。それがコンプレックスになっているから、お前は暗いんだよ」

と笠木はずけずけとものを言う。果たしてそれが友達に言う言葉だろうか。

「暗いから、佐久間愛とお似合いっていうのか？」

「そうだよ。ためしに彼女で女の口説き方でも練習してこいよ」

僕は鼻で笑った。笠木がそんなに言うんだったら、僕が行動的な男であることを示してやることにした。

席を立った。見てろよ、という意味を込めて無言で笠木を指差した。

「どう、元気？」

その僕の声で、佐久間愛は振り返り、そしてそそくさと、広げられている教科書やノートを整理して、僕の席を作った。僕が来ることを期待していたのかもしれない、と勝手なことを想像した。

ありがと、と言って僕はそこに座った。

後ろを振り向いた、笠木がにやにやとした顔でこちらを見ている。僕も負けじと、にやにやしてやった。それから僕は、隣の佐久間愛に話しかけた。

「サークル、どこに入るか決めた？」

「ううん、まだ。でも面倒くさいから、入らないかもしれない。最初の期間を逃すと、途中からは入りにくいし、かといって二三日中に決められそうもないし」

「運動サークルは、いやなんでしょ？」

「うん」

と彼女は頷《うなず》く。

「漫画研究会とか、文芸研究会とかは？」

推理小説研究会がない代わりに、そういうサークルが存在した。漫画を描いたり、小説を書いて、みんなで見せ合うのだ。同人誌の類を作ったりするのかもしれない。そういう机に向かっての作業が佐久間愛にはお似合いなのかもしれない、と思った。

でも、なんか、あんまりピンとこないな、と素っ気なく彼女は言った。

僕は唐突に質問してみることにした。

「地球平面委員会って知ってる？」

「はい？」

その僕の質問に、佐久間愛は首を傾《かし》げた。どうやら彼女はあのビラを見なかったらしい。

「――地球は球じゃなくて、実は平面なんだっていう、ちょっと変わった考えを持った連中の集まりさ」

佐久間愛の目が、怪訝《けげん》そうなそれに変わる。

「それもサークル？」

「ああ、そうみたい」

「どうして、私にそのことを聞くの？」

「いや、ちょっと気になるから。たとえば、もし僕がそんな変な委員会に入ったら、周りの人間はどう思うのかなって」

「大三郎君が、その委員会に入りたいと思うの？」

佐久間愛は他のみんなと同じように、僕のことを大三郎、と呼ぶ。クイーンって呼ばれるよりはるかにましだから、そう呼ぶようにみんなに言ってあるのだ。

僕は肩をすくめた。

「いや、他に入りたいサークルもないからさ。なんか個性的な同好会に入った方が面白いじゃない？」

佐久間愛は、微笑みながらノートに目線を落とし、言った。

「その地球平面委員会に可愛い女の子でもいた？」

思わず、言葉に詰まった。

佐久間愛は悪戯っ子のよう顔で僕を見て、図星？　と問い掛けてきた。


なんとなくだけど、僕は頭の中で宮里真希と佐久間愛を比べてしまっていた。

正反対の女の子だ。宮里真希は都会的であか抜けているけど、佐久間愛は今ひとつ努力が足りないという感じだ。でもこれは、もしかすると性格に起因しているのかもしれない。宮里真希は明るくて、ハキハキと話す。佐久間愛はどっちかというと暗い感じがする。具体的にどこがどうということではない。単なる僕の印象だ。

宮里真希は地球平面委員会の二人の男――天然パーマの団田正樹や、長身の福島古太と親しげに話していた。

実際親しいのだろうから当たり前だけど、たとえば、団田正樹はともかく、福島古太と宮里真希が二人並んだら、とてもお似合いのカップルのように思える。

たとえ二人が付き合っていようとなかろうと、明るい女の子だから好意を寄せている男は沢山いるだろう。

一方、佐久間愛はどうか？

彼女は一人で講義を受け、サークルに入って友達を増やそうという素振りも見せない。男なんかいないだろう。もしかしたら男友達は僕だけかもしれない。

笠木が佐久間愛のことになると急に僕を冷やかすような態度をとるのは、僕と佐久間愛ならお似合いだとでも思っているからなのだろうか。


「で、今その地球平面委員会には何人のメンバーがいるの？」

「三人しかいないらしいよ」

「たった三人！」

佐久間愛は呆れた声を出す。

「つまり、委員がたった三人しかいない、怪しげな委員会ってことね」

そもそも同好会や研究会ではなく委員会と謳《うた》っている時点で、相当胡散臭い。

「怪しげだから、メンバーが全然集まらないのかな。三人しかいないんじゃ、正直、サークルの存続も危うい」

「そうだよ。地球平面論なんて、それってアカデミックな世界では相手を中傷する時に使う言葉だよ。お前はまるで地球平面論者だッ、っていうふうにさ。ファシストとか、天動説信奉者とかと同じような意味で使われてるんじゃないの？」

確かに。

そうやって考えてみると、宮里真希を始め、あの委員会の三人のメンバーは一層奇妙に思える。

いったい、彼らはなにを考えてあんな委員会に入っているのだろう？

「この大学には三人しかいないけど、インターネットで集めたメンバーは、全国に百人ぐらいいるみたいだよ」

「嘘？　なにそれ？　ますます怪しげだなぁ」

確かに、地球平面論を信奉する連中が大学生をやっていることに比べたら、レクリエーションで大縄跳びをすることなんて、まだまともなことのように思えた。

5

僕はこの大学に入学するにあたって、一人暮らしをすることにした。学生向けのアパートを借りたのだ。

笠木はバイクで自宅から通っている。だけど、雨、風、雪の何《いず》れかが激しい日にはバイクに乗るのは辛《つら》いそうなので、僕の部屋に泊まることもある。

佐久間愛は海老名にある自宅から小田急線で通っている。それくらいの距離ならば電車通学も苦にならないだろう。

そして、あの宮里真希。

彼女がどこに住んでいて、どういう交通手段をとっているのかは知らなかった。正直、それを宮里真希本人の口から聞くまで、僕が彼女とそこまで友達同然に親しくなるとは考えていなかった。

あんな委員会、興味半分で覗いただけで、もうあのドア——スタート・オブ・ザ・ワールド——をぐることなんてないだろうと高を括っていたのだ。

それは地球平面委員会を訪ねて一ヶ月ほど経った、ある日のことだった。

僕はまだどこのサークルにも入ってなく、地球平面委員会のことが頭から離れないでいた。

結局僕は佐久間愛と同じ状態になってしまった。どこに入るか考えあぐねて、結局決められない。入るのはいつでも可能なんだろうけど、みんなに後れをとるのはなんとなく気が引ける。

もしかして自己紹介に繋《つな》がるようなことには、無意識の内に係わらないようにしているのかもしれない。

その時、僕は、アパートの部屋で寝転がって、佐久間愛に借りたニュー・オーダーの『クリスタル』を聴きながら、一ヶ月後がしめ切りのレポートの構想を練っていた。要するに色んなことを考えながら、ぼぉっと天井を眺めていたのだ。

イヤホンで聴いているから、外界の雑音はシャットダウンされている。人間誰しも、一人の時間は必要だ。

でも、それを妨げる訪問者がやって来た。

微かに、僕の名前を呼ぶ声が聞こえた。ドアを叩く音も。

僕は耳からイヤホンを外した。雑音が一斉に聞こえてきた。

どんどん、と誰かがドアを激しく叩いている。

「おい、大三郎、いるかぁ？」

上の部屋に住んでいる田中先輩だ。なんと二年も留年している。現在六年生だ。

彼は将来について悩んでいて、話をするたびに、このまま卒業して普通に就職するぐらいなら、声優やアナウンサーみたいな声を使う職業につきたいと僕に熱っぽく語るのだ。確かに彼はよく通るいい声をしていた。

僕は立ち上がり、ドアを開けた。夜の空気が部屋に入り込んでくる。

僕は玄関から顔を出して、田中先輩を見上げた。

「大三郎、呑気《のんき》にしている場合じゃないぞ」

と身振り手振り激しく田中先輩は言う。

脱色した長髪が夜風に揺れ、なんだか焦ってるようにも見える。

僕はあくびをしながら彼に答えた。

「どうしたんです？　戦争でも始まったんですか？」

「馬鹿、火事だよ。火事」

「火事？」

その時、僕は周囲の騒音に気付いた。向こうから、ウー、ウー、とサイレンが聞こえてくる。ハシゴ車が現場に駆け付けている真っ最中なのだろうか。

「ちょっと、外に出てこいよ」

先輩に急《せ》かされ、僕はスニーカーをつっかけ外に出た。

夜なのに表に出ている人が多い。そして口々になにかを言っている。なにかが燃えるいやな匂いが鼻をつく。

「どこで燃えてるんです？　近所？」

「あれだよ、あれ——」

僕は先輩の指差す方を見た。そして思わず、ひゃぁ、と珍妙な声を発してしまった。

南の空が赤々と燃えていた。そして煙がもくもくと上がっている。ここからでも熱気を感じる。

この様子では、かなり広い範囲が延焼しているのだろう。距離はそう遠くない。

「あそこにあった倉庫が燃えてるんだ。お前、知ってるよな？」

その田中先輩の言葉で、僕は思い出した。

このアパートに越してきた時、彼に車でこの近所を案内された。

商店が軒を連ねるストリートを過ぎると、後はほとんど民家だ。

都心に比べれば、この町も田舎に入るから若者向けの店なんて数えるほどしかないけれど、遊びたければ町田に行けばいいし、少し遠出して横浜に行ったっていい。

本やCDの類はほとんどインターネットの通販で買っているから、大きな書店やCDショップがなくても構わない。だからさしたる不満はなかった。

商店を過ぎ、民家を過ぎると、向こうにのっぺりとした倉庫が見えてきた。かなり巨大な倉庫だ。幅数十メートルほどはありそうだ。

倉庫の窓からは、中に保管されているであろうダンボールの山が、ちらりと見えた。

その真っ白い壁は、周囲の民家や畑とはまったくそぐわず、突然出現した倉庫に、僕はモノリスに遭遇した猿のようにびっくりしてしまった。

だけどその時はそれだけで、いったいなんの企業がなんの目的で使用しているものなのか、田中先輩に訊ねようとはしなかった。

彼だってこの町のすべてを知り尽くしている訳じゃないだろうし、ただの普通の倉庫じゃ話題は弾まないだろうと思ったからだ。

田中先輩が運転する車はどんどん道を走り、倉庫は小さくなり僕の視界から消えていった。

それ以来、僕はあんな建物のことなんてさっぱり忘れていたのだ。

あの倉庫が、今燃えていると彼は言う。

「どうして燃えてるんですか？　火事？　放火？」

「さあ、今の段階じゃさっぱり分かんないよ。でも明日の朝刊には大きく載るだろうな」


田中先輩の言った通り、翌日の朝刊の地方面になんとか株式会社の倉庫が火事で全焼、との記事が載った。

現場に火の気はなく、放火の疑いが強いとのことだった。奇跡的に死傷者や怪我人はいなかったらしい。でも倉庫の隣の畑が甚大な被害を受けたようだ。

新聞の記事では、会社側の倉庫の管理体制が問題となっていた。倉庫はあんなに大きいのに、入り口の施錠はちゃっちい南京錠一つで、しかもそれは錆《さ》び付き、腐食が進んでいた。割れた窓ガラスもそのまま放置していた。そこから手を中に入れれば、簡単に窓の施錠は外せる。まったく冗談みたいな話だ。

また保管されていたのが、工業用の薬品だったことも非難の対象となった。なにせ、倉庫の隣や、その向こうにも畑が広がっているのだ。そんなところに人体に百パーセント無害とは言いがたい薬品を保管してあるなんて、決していい気持ちはしない。

しかもそれは全部燃えてしまったのだ。かなりの量が地面に流れ出し、煙となって空気中を舞った。住民の健康を脅かしたとして、あとはもうお決まりの、社長が頭を下げる謝罪会見だ。

結局この火事は、こんな小さな町では話題性が充分過ぎるほどのトピックになった。大学でもこの話題で持ちきりになった。倉庫の焼け跡は、この町の名所の一つとなった。

僕も、なんとなくこの事件に注目して、ニュースをチェックするようになっていた。翌日、翌々日、日に日に新事実が飛び込んでくる。

警察は、この事件を放火と断定したようだ。断定するに足る、重大な事実が判明したのだった。

何者かの手によって、倉庫の広い床一面にガソリンが撒かれていた。あの倉庫にはガソリンなんか保管されていなかったのは、確かなことだった。

僕は田中先輩の運転する車で、焼け跡を見に行った。

後部座席には笠木もいる。なんだか野次馬根性を発揮しているようでいやだったけど、火事場見物に比べたら火事跡見物の方が害はないだろうと思った。火の粉が飛んでくる恐れや、消火活動の邪魔になる心配もない。

あののっぺりとした建物は、跡形もなかった。ただ黒ずんだ小さな柱が、焼け跡のあちらこちらに立っているだけだった。

焼け跡は、周囲の木々や畑にも広がっていて、鎮火するのに骨が折れただろうなということは分かる。

この有り様から見れば、死傷者や怪我人が出なかったことや民家が燃えていないことが奇跡みたいだった。

現場には立入禁止のテープが張られて、中で警察官らしい男たちがなにやら調べている。まだ現場検証が続いているのだろう。

監視らしい制服警官がテープの近くに立っていて、勝手に中に立ち入ることはできそうになかった。

僕たちは車の中から、そんな光景をぼんやりと見つめていた。

「誰が放火したんだと思う？」

と田中先輩が言った。

「さあね。ライバル企業の仕業じゃないの」

と笠木が答える。

「でも、いくら商売敵《がたき》だからって、そこまでするか？」

「いやいや、分かんないすよ。最近はどの業界も競争が熾烈《しれつ》になってきて、みんな生き残るのに必死じゃないですか。ほら、生き馬の目を抜くなんとやらと昔から言いますからね――」

そんな田中先輩と笠木の話を聞きながら、僕は燃え落ちた倉庫に想いを馳せていた。僕はあの倉庫を一回しか目にしていない。田中先輩に車で案内されなかったら、きっと一生見ることはなかっただろう。でも、たった一回でも、見ると見ないとでは大違いだ。

あんなにでっかい倉庫が、たった一晩で見るも無惨な姿になり果てている。儚《はかな》いものだ。

晴天の青空が広がり、向こうに山並みが見え、周囲にはぽつぽつと民家と畑が点在し、そこに突如出現した焼け跡という非常にシュールな光景の片隅に、見知った顔を見つけた。

高校時代は万引きの常習犯だったという、地球平面委員会の彼だ。火災現場で作業している鑑識の人たちを、じっと見ている。

僕らと目が合うと、団田正樹は一瞬ぎょっとしたような顔つきになった。

そしてなにを警戒しているのか、周囲をきょろきょろと見回してから、僕の方に駆け寄ってきた。

おいマジかよ、と笠木は言い、誰だあれ？　と田中先輩は呟く。僕も笠木と同じ気持ちだった。

まるで彼は急な用事を僕らに伝えるかのように、急いだ様子でこちらに走ってくる。

彼とは一回しか会ったことはない。言葉すら交わさなかった。それなのになぜ？

団田正樹が車までやって来た。間近で見る彼の顔は、なんだか紅潮している。血相を変えるとは正にこのことだ。

開口一番、彼はこう言った。笠木でもなく、田中先輩でもなく、僕に向かって。

「ここでなにをしているんだ？」

それはこっちの台詞だ。

僕は呆気《あっけ》に取られて答えられなかった。

この間、地球平面委員会の委員会室で彼と出会った時、彼はずっとパソコンでなにやら作業に勤《いそ》しんでいたのだ。恐らく僕の顔もまともに見ていないに違いない。

それなのに今では。

僕がここにいることが、なにかとんでもないことだと言っているようにも思える。この態度の変わりようは、いったいなんなんだ。

団田正樹の表情は、細い目を落ち着きなさそうに動かし、どことなく神経質そうな印象を与えた。

笠木がうんざりした顔で僕を見た。団田正樹になにか言ってやれ、という意思の表示だろう。

僕はいやいや口を開いた。

「なにをしているんだって言われても——ドライブついでに、焼け跡の見物に来てるだけですよ」

事実だった。

それ以外にこんな焼け跡にいったいなんの用があるというのだろう。

団田正樹はこちらにぐっと顔を近づけてきた。

「今、忙しいか？」

なぜ、そんなことを聞くんだ？

「いえ、暇だからこそ、ドライブしてるんですよ」

団田正樹は右手の人差し指をピンと立て、僕に向かってまるで指揮者が指揮棒を振るような動作をし、こう言った。

「暇だったら、暫《しばら》くここで待っていてくれ」

僕は、笠木や田中先輩と顔を見合わせた。団田正樹の言葉の真意を計りかねたまま、僕は答えた。

「——いいですけど、いったいなんなんですか？」

そう質問すると、彼はこんな答えを返してきた。

「委員長が——宮里真希が君と話がしたいって言ってる」

「え？」

宮里真希。

屋上からビラを撒く彼女の姿を見て、僕は地球平面委員会に入会しようと思った。でも、その彼女の方からどうして僕に会いたいなどというのだろう。

「いいな。委員長が来るまで、どこにも行かないでくれよ。今、大学にいるはずだから、すぐに来られる」

そうぶつぶつと呟くように言うと、団田正樹は携帯電話を取り出し、どこかにかけていた。きっと宮里真希に電話をしているのだろう。

確かに徒歩でも、裏道を通れば大学からここらまで、十五分ほどで来ることができる。

でも——。

団田正樹は通話をすぐに終え、車の前をうろうろと歩き始めた。本当に落ち着きがない。まるで、僕らが逃げ出さないように見張っているみたいだ。

「団田先輩」

僕は窓から顔を出し、彼の名前を呼んだ。

彼は忙《せわ》しない素振りのまま、こちらにやって来た。

「どうして宮里先輩が、僕に会いたいんですか？」

団田正樹はその僕の質問には答えずに、逆に僕に質問してきた。

「どうして君たち二人は、あの日、地球平面委員会の部屋を訪ねようと思ったんだ？」

その問いかけは笠木にも向けられていた。

笠木はすぐに答えた。

「どうしてもなにも、こいつが行きたいって言ったんですよ」

こいつとは、勿論僕のことだ。僕もまるで弁解するみたいに言った。

「大した理由なんてないですよ。ビラを見つけて、興味半分で顔を出したんです。暇だったから」

すると僕の言葉を聞いた団田正樹は、こんなことを言った。

「それは嘘だ」

「は？」

僕は思わず耳を疑った。

いったい彼はなにを言い出すのだろう。当人がそう言っているじゃないか！　嘘かそうでないか、どうして彼に分かるんだ。

第一、こんなことで嘘をついて得することなど一つもない。

しかし団田正樹は、訝しげな僕の視線など完全無視で、更に言葉を続けた。

「君が来ることは、決まっていたんだ。すべて意味があることだ。君も深層心理ではそのことに気付いていているはずだ。だけどそれを理性で押し殺しているだけなんだ。君と、僕たち地球平面委員会は、確かに繋がっている」

僕はぐうの音も出なかった。

背後では、田中先輩と笠木が団田正樹をちらちらと見ながら、小声でひそひそ話をしている。なんだよこいつ、変な宗教の人？

その二人の声は、団田正樹にも聞こえているはずなのに、彼は顔色一つ変えない。なにか言わなければと思い、僕は無理に口を開いた。

「君って、僕と笠木のことですか？」

「いいや。そこの笠木君は君に付き合って来ただけだ。委員会に来ることに決めたのは、君の意思だ。君自身の選択だ。それが一番重要なんだ」

訳が分からなかった。

初めて僕が地球平面委員会に顔を出した時には、彼らはこんなに僕に興味を抱いてはこなかったのに、それなのになぜ今更？

「どうして、あの時は素っ気なかったのに。今はこんなに熱心に勧誘してくるんですか？」

「あの時は気付かなかったんだ。君の重大な要素に。地球平面委員会に入会するには資格が必要だ。君はその資格を充分に満たしている」

へっ、と笠木があざ笑うかのような声を発した。

「こいつの祖父《じい》さんが、あの超有名探偵のエラリー・クイーンだから？　それじゃあないんです？　団田さんの祖母《ばあ》さんはミス・マープル？」

しかし団田正樹は、その笠木のからかうような口調にも表情を変えない。

「どう捉えてもらっても構わない。地球平面委員会には、君が必要なんだ。大三郎・クイーンが」

僕はもう辛抱たまらなくなった。

彼の言っていることなど、僕にとっては呪文と変わらなかった。団田正樹がなにを言っているのか、いったいなにが言いたいのか、さっぱり分からないからだ。

「あの、言っている意味がよく分からないんですけど――」

だけどその時すでに、団田正樹は僕のその言葉など聞いてはいなかった。

彼は後ろを振り向き、道のはるか向こうを見ているようだった。僕らが車で来たのとは反対方向――大学方面だ。

僕も彼の視線の先へと目をやった。

宮里真希がこちらに歩いてきた。僕の姿を認めると、小走りになった。はっはっと息を切らしながら駆け寄ってきた。

「お久しぶり、元気してた？　探してたのよ。でも同じ大学にいるといっても、中々見つからないものね」

と宮里真希はやけに明るい声でそう言った。満面の笑みだ。僕はどぎまぎしてしまった。

なぜこんなに愛想がいいのだろう。初めて僕が地球平面員会を訪れた時の彼女の態度とは、雲泥の差だ。

一目《ひとめ》惚《ぼ》れに近い感情を抱いている女の子に優しく声をかけられたのだから悪い気はし

ないはずだ――通常の事態ならば。

でも今はそうではない。

彼らが僕に向ける態度は尋常ではなかった。

「委員会への入会は、いつするつもり？」

と宮里真希が訊ねてきた。

僕はその質問に答えなかった。答える気力もなかった。ただ、頭の中で、あの日どうして僕は地球平面委員会の部屋のドアを叩いてしまったのだろうかと、ぼんやり考えていた。

僕のそんな優柔不断な態度がいけないのか、それとも宮里真希と団田正樹の強引な勧誘のせいなのか、笠木は怒っている様子だった。

業を煮やしたかのように彼は言った。

「あのさあ。こいつも俺も、まだあんたたちのあのへんてこな委員会に入るかどうか決めてないんだからね。それなのにそんな強引な態度しなくたって、いいんじゃないすか？」

その言葉に宮里真希は、

「どうして？」

と間髪入れずに言った。

「どうして、そんなことを言うの？　入会したいと思ったから、説明会に来たんでしょう？　それを今更、なによ」

「説明会に行ったら、必ず入会しなくちゃいけないのか？　ふん、まるで怪しげな新興宗教だな。教祖は誰だ？」

「委員長が、リーダーだ。宮里さんがこの委員会を立ち上げた」

と団田正樹は言う。

まるで彼は宮里真希の腹心のようだ。

「おい――」

手がつけられないと思ったのか、笠木は僕の方を見やった。お前もなんか言ってやれと促しているのだ。

宮里真希はにっこりと笑って、僕の顔を穴の空くほど見つめていた。

僕は勇気を振り絞り、それでも遠慮がちにおずおずと言った。

「あの」

「なに？」

「僕、まだ入会するって決めた訳じゃないですから。その、ちょっとどんな感じなのか様子を見に」

宮里真希は暫く僕を見つめた後、小さくため息をついた。そして言った。

「怖いの?」

「はい?」

「地球平面委員会に入会するのが怖い?」

言っている意味が分からなかった。

「どうして怖いんですか?」

「ああ、怖いさ。あんな訳の分からない委員会に入るなんてね。もし地球平面委員会のメンバーになったら、周囲の人間に白い目で見られることは間違いない。親に勘当されるかもな」

と笠木が、不信感をあからさまに出して横やりを入れた。

親に勘当される云々《うんぬん》はオーバーだとしても、笠木が言ったことは真実だろうと思った。

宮里真希は、表情を一変させた。

「あなたなんかに興味ないよ。私は大三郎・クイーン君に言ってるんだよ」

と笠木を睨《にら》みつけて言ったのだ。はいはいはい、おー怖い怖い、と小さく呟き笠木は首をすくめた。

僕はそんな笠木を指差して宮里真希に言った。

「どうして、この笠木にはそんなに素っ気ない態度なのに、僕にはそうやってしつこく勧誘してくるんですか？」

これがキャッチセールスかなにかだったら、相手の目的は百パーセントお金だ。だがこれはちょっと状況が違う。

年会費はいくらか聞いていなかったが、あくまでも大学内の組織だ。大した金額ではないだろう。

高額なお金が委員会の中で動かない以上、金品を僕からむしり取るために僕を勧誘しているとは考え難い。百歩譲ってもしそうだったとしても、笠木と僕との経済状態にそう隔たりがあるとも思えない。

笠木のことはほとんど無視し、僕だけをしつこく誘う説明がつかないのだ。

もしかして、エラリー・クイーンの孫だから、将来祖父の遺産を沢山受け継ぐはずと勝手に向こうが思い込んでいるとか？

いずれにせよ、宮里真希がどういう目的で僕を勧誘しているのかまったく分からないだけに、居心地はすこぶる悪かった。

「あなた、あの時、どうして委員会室に来たの？　どうして今日、この焼け跡の現場に来たの？」

また同じ質問だ。僕は正直うんざりした。

「それは、さっき団田先輩に言いました」

すると宮里真希は、急に怖い目つきになって団田正樹を睨みつけた。

「あんたが聞いたの？」

途端に団田正樹は、おどおどとした態度になった。もごもごと口を動かしているけど、なにを言おうとしているのかはっきりしない。

きっと宮里真希に怯《おび》えているのだろう。まるで女帝だ。

「そんなとっておきの質問を、なんでこの委員長の私を差し置いてあんたがするのよ！」

宮里真希は団田正樹とケンカを始めた。その隙《すき》に、僕は振り返って、助けてくれと笠木に言った。

田中先輩はハンドルを握ったまま、ぽかんと口を開けてことの成り行きを見守っていた。

地球平面委員会の連中のあまりに異常な振る舞いを間近で見て、なにを言っていいのか分からなくなってしまったのだろう。

「知らないよ、お前が踏んだ地雷だ。自分でなんとかしろ」

と笠木は投げやりの口調。

僕の災難など知ったことではないらしい。ことの次第を知らない田中先輩に至っては尚更《なおさら》だ。

どうやら団田正樹を口げんかで打ちのめしたらしい宮里真希は、再び僕に言った。

「ねえ、大三郎・クイーン君。どうしても入会したくないの？」

「どうでもいいけど、フルネームで呼ぶの、止めてくれませんか」

「どうしても、どうしても、どうしても、私たちとは係わり合いになりたくないの？」

「いや、別にそんな訳じゃ」

「入会したら、あなたを副委員長にしてあげる。もし私たちが知っている先生の講義を受けているんだったら、テストの過去問を写させてあげる。だから、大三郎・クイーン君。入会してよ」

僕は思わず背筋が寒くなった。

背後で田中先輩が、テストの過去問につられたのか、入会しろよ、と小声で言った。

だけど、田中先輩は宮里真希に見つめられていないから、そんな悠長なことを言えるのだ。

人の心を見透かすような――まるで世界を自分の意思一つで好きなように動かせると思い込んでいるかのような――強い眼差《まなざ》しがそこにはあった。

「後で、返事します」

「後って、いつ？」

「とにかく、後で」

僕は運転席に座っている田中先輩を見た。

田中先輩は頷き、車を発進させた。

「待って！　逃げるなんて卑怯《ひきょう》だよ！」

と宮里真希は叫びこちらに走ってこようとする素振りを見せた。だけど団田正樹に止められてあえなく失敗する。

サイドミラーに映る、揉《も》み合う宮里真希と団田正樹が見る見る内に小さくなって行く。

カーブを曲がると、彼らの姿は視界から完全に消えた。

「やばいぜ、大三郎」

と笠木が言った。

「あいつら、完全にイッちゃってる。まともじゃない」

「ああ」

そのことは当事者の僕が一番よく分かっていた。

「まさか、入会するつもりじゃないだろうな。悪いことは言わない、止めとけ。面倒なことに巻き込まれるに決まっている」

僕は笠木の言葉に適当に相槌《あいづち》を打ちながら、考えていた。

さっきから頭の中に何度も何度も去来する疑問。

なぜ彼らはあんなに僕を入会させようと必死なのだろうか。

「なあ」

黙考する僕を後目《しりめ》に、田中先輩が口を開いた。

「あの男が、彼女を携帯で呼び出したんだよな」

団田正樹のことだろう。

「なんで、あいつあんな所にいたんだ？　俺たちと一緒で、火事跡見物か？」

6

『ギター弾きの恋』という映画がある。ウディ・アレンの作品だ。僕は『ロボコップ』の次にこの映画が好きだった。

ショーン・ペンが演じる主人公は、世界で二番目にギターが上手《うま》いギタリストという設定だ。ショーン・ペンには同棲している恋人がいる。サマンサ・モートン演じる彼女は、口が不自由で喋ることができないが、ギター弾きを心から愛している。その気持ちを口にすることができないからもどかしい。

結局、浮気者のギター弾きは、ユマ・サーマン演じるノンフィクション作家と衝動的に結婚してしまう。だけど、その結婚は長くは続かなかった。作家の妻と離婚したギター弾きは、口の不自由な彼女の元へ戻るのだが——。

映画の端々に、ウディ・アレン本人や、実在のジャズ評論家が登場し、物語に出てきたギター弾きの逸話をさも本当のように語っている。だから僕はてっきりこれがドキュメンタリー映画だと勘違いしてしまって、映画館からの帰り道、タワーレコードに寄って、ショーン・ペン演じるギタリスト、エメット・レイのCDを探してしまったほどだ。フェイク・ドキュメンタリー——そういう映画のことを、こう呼ぶらしい。

なぜその映画のことを思い出したかというと、そのギター弾きの立場に、僕はおかれているような気がしてならなかったからだ。


火災現場での団田正樹、宮里真希との遭遇から二週間が経った。その間、彼らが僕の前に姿を現すことはなかった。

もう面倒だから、どこか違うサークルに入ってしまおうかと思ったこともあった。そういう強硬手段をとってしまえば、彼らも諦《あきら》めるだろうと。

だけど、僕はそういった具体的な行動をとることはなかった。

特に入会したいところもなかったし、新入部員勧誘の熱も冷めた今からまったく違う部活に入る勇気もあまりなかった。

それにあんなにしつこく誘っているのだから、ちゃんと彼らに断ってからの方がいいな、という考えも少しあった。

そうこうしている内に、笠木はゴルフサークルに入ってしまった。元から彼は地球平面委員会に入る気などさらさらなかったことは分かっていたとはいえ、複雑な心境だった。

万が一、笠木が地球平面委員会に興味を示すようなことがあったら、僕も笠木と一緒に入会しようかと考えていたのだ。一人であんな委員会に入る勇気なんてとてもない。

こうして悶々《もんもん》と考え、時間は無駄に過ぎて行く。

こういう自分の性格がつくづく嫌になる。いつもこうして優柔不断だ。

高校時代、友達にカラオケに誘われたけど、断ったことがある。一時間や二時間で済むはずがないから、帰りが夜遅くなることは目に見えていた。友達付き合い以外にも、やりたいことや、やらなければならないことは山のように存在したのだ。だから僕はカラオケには行かなかった。

別にその選択が間違っていたという訳ではない。問題はその後だ。

一人で風呂に入り、予習をし、気晴らしにパソコンでゲームをしながらも、僕は思うのだ。今ごろ、あいつらは、仲良く騒いでいるんだろうな。やっぱり行けば良かったかな、と――。

だけども、行ったら行ったで、なかなか終わりを見せないどんちゃん騒ぎに嫌気がさして、早く終わらないかな、やっぱり来なければ良かったな、とうじうじ考えることは間違いないのだ。嫌ならば自分だけ先に帰ってしまえばいいと思うけど、小心者の僕はそれを言い出すタイミングがなかなか摑《つか》めない――。

そんな気分だった。

地球平面委員会なんていう得体の知れない団体とは、できるだけ係わり合いを持たないのが賢明だ。地球平面論なんていう、ろくでもない考えを布教する会に自分が入会するなんて、考えただけでもぞっとする。皆から白い目で見られるのは必至だ。第一、僕は地球が平面だなんて、これっぽっちも信じていないのだ。

その反面、僕は思うのだった。

でも、あの委員会の連中――団田正樹に福島古太、それに宮里真希――だって、まさか地球が平面であるなんていう考えを、本心から信じ込んでいるはずがない。

彼らは大学生で僕より年上だ。つまりあれは一種のジョークみたいなものに違いないのだ。ただ冗談で大学に委員会を作るのかという疑問もあるけど、本気の冗談だからこそ、真剣に遊べるということだってある。

もしかしたら楽しい活動かもしれない。なにせ個性的ということに関しては一番だ。あの時、二人は常軌を逸した勢いで僕のことを誘ってきたけど、それもよく考えてみれば別におかしなことではないのかもしれない。

なにせあの委員会にはメンバーが三人しかいないのだ。三人が三人とも卒業してしまったら、委員会は解散せざるをえない。だから一人でも会員を獲得したいというのが今の彼らの心情だろう。

だから笠木よりも地球平面委員会に興味を示している僕の方をしつこく勧誘するのは、至極当然の成り行きではないだろうか。

僕が来ることは、決まっていただとか、すべて意味があるだとか、団田正樹は大層なことを言っていたけど、大方僕の興味を繋ぎとめるために適当に言っていたに違いない――。

こんなことを悶々と考え、結局僕はどっちつかずだった。

明日じっくり考えて決めればいいさ、と思っていたけれど、明日という日が訪れることは決してないという当たり前のことを、僕はすっかり忘れていたのだ。

そうしたある日、事件が起こった。

昼食は二階の学食で食べることが多い。

最近、僕のお気に入りのメニューは肉蕎麦《そば》だった。ラー油を垂らしたみたいに油が浮いたぴりりと辛いスープに、牛肉を煮たのがたっぷり載っている。毎日食べても一ヶ月は飽きないだろう。

学食のおばさんから熱いどんぶりを両手で受け取りながら、僕は空いている席を探した。笠木や他の友達と一緒に食べることが多いけど、この時、僕は一人だった。

四人用の窓際の席で、佐久間愛が一人でカレーライスを食べていた。彼女はいつも一人で行動していた。

僕は佐久間愛に近づいた。僕の姿を認めると、彼女は少し微笑んだ。

「ここ空いてる？」

「どうぞ」

僕は佐久間愛の向かいの席に座った。

「結局、サークルには入らなかったの？」

開口一番、佐久間愛が僕に訊ねてきた。

ふう、と僕は息を吐く。

「どうしたの？　疲れてるの？」

ああ、と僕は苦笑いしながら答える。

確かにこのところ、疲れがたまっていた。

身体《からだ》がだるいし気力も出ない。いわゆる五月病というやつだろうか。僕の場合は新入生なのだから、その度合いが著しく激しいのだろうか。

一人暮らしを始めたから炊事洗濯は自分でしなくちゃならない。理系の部類に入る学科だから宿題のレポートや課題も多い。

机に向かう時間は高校時代の方が多かった。受験勉強をしなければならないからだ。そのプロセスを踏まなければ、僕はこの大学の学生にはなっていない。

勉強の絶対量は比較的少なくなっていると思うけど、それでも昔の方がなんだか気分が楽だった。

慣れ親しんだ街に住み、住み慣れた家で勉強し、受験に失敗したら少なくとも二年は浪人生活を許してくれる約束をすでに両親に取り付けてあった。肉体的には忙しいんだけど、絶対的な自分の居場所が保証されていたから、不安は少なかった。

でも、今は――。

どうして僕は疲れているのだろう？　僕はいったいなにを悩んでいるのだろう？

――その答えは分かりきっていた。

「地球平面委員会」

と僕は呟いた。

え？　と佐久間愛がこちらを向く。

「ねえ、大三郎君。あなた、本当に大丈夫？」

僕は疲れたように笑った。

「宮里真希から毎週メールが来るんだ」

「委員会の勧誘のメール？」

「そう」

「でも、その宮里真希って人がどうしてあなたのアドレスを知ってるの——あ、そうか」

「——うん」

この大学の学生は、必ず自分のホームページを作って公開しなければならない。必修授業の課題なのだ。

正直、面倒くさかった。サーバーは大学のものを利用するから、そういった意味の面倒はない。あらかじめ用意されたフォルダに自分で作ったHTMLファイルを入れるだけだ。しかし、そのHTMLファイルを作るのが面倒なのだ。

ホームページを作成するために便利なソフトは沢山巷《ちまた》に出回っているけど、それを使うのは許されていなかった。

ちまちまとテキストファイルで呪文のような文章を打ち込み、ブラウザで表示しその出来を確認し、また細かく修整してゆく。ＨＴＭＬ文書を扱うのは簡単だったけど、面倒なことには変わりなかった。

とにかく作れば単位はもらえるから、僕は適当に、自己紹介とデジカメでとった写りの悪い写真が載っただけのシンプルなページを仕上げた。

ここでも自己紹介問題が首をもたげる。目立たないように小さいフォントで書いた。僕の名前はクイーン・大三郎です、と。最初はその下に、なんか文句あるか、とも付け加えたけど喧嘩《けんか》を売っているみたいだからアップする前に削除した。

そのページにうっかり僕は、当然のことのようにメールアドレスを載っけてしまったのだ。自分の部屋のでも携帯のでもなく、この大学のアドレスだ。

そのアドレスに宮里真希から毎週メールが来るようになったのだ。

本当は毎日でも送ってやりたいのだろうが、これ以上しつこくすると相手が引いてしまうかもしれないという計算が向こうにはあるのかもしれない。

「どんなメールが来るの？」

「どんなって——分かるだろう？　とにかく地球平面委員会に入会してくれって、その一点張り。まったくもう——」

「笠木君のところには？」

僕は首を横に振る。

「あいつのところにはそんなメールが届いていない。だから余計に腹が立つ」

佐久間愛は笑って言った。

「大三郎君。いっそのこと入会しちゃえばいいのに。だってあなたが自分の意思で説明会に出たんでしょう？」

その通りだった。

僕が望んで説明会に行った。だからこうやって勧誘攻撃を仕掛けてくるのだろうか。もしそうだとしたら、本当に新興宗教の信者集めとなんら変わらない。

「じゃあ、佐久間さん。俺と一緒に地球平面委員会に入ってくれる？」

「いやだよ。そんな怪しげな部。あ、部じゃなくて、委員会か」

この際、どっちでも構わない。

「――そう言うと思ったよ」

僕が自ら説明会に出向いたのに、委員会に入会するのに抵抗があるのは、つまりそういうことだった。

怪しげ、胡散臭い。いったいあの三人はあんな狭い部屋で、普段どんな活動をしているのだろう？　もしかしたらマネキン人形を相手にお喋りに勤しんでいるのかもしれない。

そんなことを考えると僕はぞっとするのだ。

「でもどうしてその人、そんなにしつこく大三郎君のこと誘うのかな」

「それはこっちが一番知りたいよ」

「やっぱり大三郎君が、エラリー・クイーンの孫だから興味を引かれたのかな？　やっぱりそういう人がいれば、宣伝にもなって新入生が集まりやすいんじゃないの？」

そう言えば——僕は思い出す。

あの時、僕と笠木と二人で平面委員会の委員会室を訪ねた時、宮里真希は僕に興味を示すような素振りをまるで見せなかった。ただ事務的に、新入生に接しているっていう感じだった。

メンバーが少なくて困っているのだったら、その時にしつこく勧誘するはずではないのだろうか。

とにかく、宮里真希の僕に対する態度は、その当時と今とではまるで変わってしまっている。

「でも、もしそうだとしたら、どうして宮里真希は僕がエラリー・クイーンの孫だって知ったんだろう。こっちはそんなことは一言も言っていないのに」

「そりゃあ、あれでしょう？　きっと誰かの噂で小耳にはさんだのよ」

「僕の噂するやつなんか、いるもんかい」

「いるよ。だってあなた、あの名探偵エラリー・クイーンの血を引いているんだよ。噂にならないほうがおかしいよ」

祖父の名探偵ぶりなんてさっぱり知らない僕には、実感が持てない。

「でも、それだけかな？　それだけであんなにしつこく誘うと思う？」

その僕の言葉に、そうだよねぇ、と佐久間愛は呟くように言った。

「実はエラリー・クイーンは地球平面論を信奉していたとか」

「そんな話知らないよ」

「でも古今東西問わず、作家っていう人種はきっと変わり者が多いだろうから、こっそりそういう異端の考えを信奉していても不思議じゃない」

「そんな事実があったら、結構広く知られていると思うけど——聞いたことないな。コナン・ドイルだったら分かるんだけどね」

「どっかで聞いたことのある名前だ」

「コナン・ドイルも知らないの？　あのシャーロック・ホームズを書いたイギリスの作家だよ」

「ホームズの作品の中に地球平面論が出てくる話があるとか?」

「まさか。でも怪しげなものに興味を抱いていたのは事実みたいだね。大三郎君、メアリー・セレスト号って知ってる?」

「ん? それもどっかで聞いたことがあるな」

「今から百年以上前に大西洋上で見つかった無人船の名前。乗員乗客は誰一人発見されなかったのに、テーブルの上には温かいコーヒー、食べかけのパンやゆで卵がそのまま残っていたっていう、あの話」

「ああ、知ってる知ってる」

子供のころはそういう不思議な話が大好きだった。子供向けの、世界の七不思議とか、そういう類の本を開くと、必ずそのメアリー・セレスト号の事件が載っていた。

「不思議だよな。いったい乗員たちは突然どこに消えたのかな。正に神隠しだ」

だが佐久間愛は無情にもこう言った。

「それが、不思議でもなんでもないのよ」

「はい?」

「メアリー・セレスト号を発見した船の乗務員は裁判でこう発言してるの。船内のテーブルの上には食べかけの食事なんかなかったって」

僕はしばらくその彼女の言葉の意味を考えた。

「えーと――。つまり、どういうこと？」

「つまり、その温かいコーヒーとか、食べかけのパンとかは話を面白くするためのでたらめだったたってわけ。まあ仕方ないかもね。事件が起こったのは今から百年以上前のことだから。後世に伝えられるに従って、どんどん話がオーバーになってくる。伝言ゲームと一緒よ。大体、船内に残された航海日誌の最後の日付は、船が発見される何日も前のものなの。その間食事が冷めずに残ってたなんてあるはずがないでしょう？」

佐久間愛はそう得意そうに言うが、しかし僕は納得できなかった。

「そりゃ、食べかけの食事の件はその通りなんだろうさ。だけど、乗員が突然消えたっていう謎はまだ残されているんだろ？　船から人間が消えたら不思議には違いない」

「そうだね。でも、このメアリー・セレスト号の事件には一般には知られていない事実が一点だけあるのよ」

「なんだよ、それ」

「船からは人と一緒に救命ボートもなくなっていたってこと」

頭の中にクエスチョン・マークが点滅した。

「っていうとつまり――」

「そう、要するになにか船でトラブルが発生して乗員は救命ボートで逃げ出した。それでそのまま行方不明になったっていう、ただそれだけの事件なの。いったい船になにが起こったかという謎は残るけど、それを除けばたいして不思議もない事件なの」

「なんだ、そうなのか――」

正直僕は落胆した。子供の頃抱いていた不思議なものに対する情熱が一気に萎《しぼ》んで消えてしまった。

「でも、それがコナン・ドイルとどう関係が？」

「それはね。コナン・ドイルがメアリー・セレスト号の単なる遭難事故を、後世に伝えられるまでの不思議に仕立てた張本人だからよ」

「まじで？」

「うん。コナン・ドイルっていうのはペンネームで本名はアーサー・ドイル。最初は開業医だったけど患者がこなくて暇を持て余していたから小説を書き始めた。『ジェ・ハバカク・ジェフスンの遺書』っていうのがそのタイトルで、メアリー・セレスト号の事件について書いた小説なの。白人を忌避する黒人の男がメアリー・セレスト号を乗っ取った、っていうお話。当時の雑誌に掲載されて評判になったこの小説は、とっくの昔に忘れ去られていたはずのメアリー・セレスト号事件を人々に思い出させるきっかけになり、コナン・ドイルが作家として成功する布石にもなった。でもその小説には事実と異なる記述があったの。船には救命ボートが残っていたっていう記述がね。結局それが長い間定説になってしまった」

「間違いだって分かっているのに、どうして今までずっと語り継がれてるんだ？」

「勿論、コナン・ドイルの小説が事実と違っていただなんて調べればすぐに分かることよ。でも、それじゃあつまらないでしょう？　救命ボートで船員が逃げ出しただけの事件なんて。謎を面白くするために事実とは異なる話をでっち上げ、都合の悪い証拠を隠匿する。それで話題づくりをする。マスメディアなんてそんなものよ」

「なーんだ。そんなことなのか」

つまらなかった。意地の悪い大人に夢を壊されたような気持ち。まるでサンタクロースが現実には存在しないことを生まれて初めて親に教えられた幼児の気分だ。

「つまり――コナン・ドイルはそういった不思議なものに興味を抱いていたと？」

佐久間愛は頷いた。

「それだけじゃないよ。バルバドス島の動く棺桶《かんおけ》って知ってる？」

「それは聞いたことない」

「カリブ海に浮かぶ島ね。そこの高台に建てられたキリスト教会の地下納骨堂の中に納められた棺が、勝手に動くっていう怪奇現象。二百年近く前の出来事だけど」

ぞっとした。

「その地下納骨堂はその島のチェイスさんっていう事業家の持ち物だった。最初の事件が発覚したのは、そのチェイスさんが亡くなった時。その納骨堂は元々はワォルドロンさんって人が建てたものなの。納骨堂に最初に入った棺桶は、ワォルドロンさんの家族のゴダード夫人。それから納骨堂はチェイスさんの手に渡った。勿論ゴダード夫人の棺桶も一緒に。それからチェイスさんの二歳になる娘が亡くなって納骨堂に納められた。さらに四年後彼女の姉も亡くなって納骨堂に入れられた。次に納骨堂に入ることになったのはチェイスさんだった」

「チェイス氏の棺桶をしまうために納骨堂の扉を開けると、中の三つの棺桶が動いていたと?」

佐久間愛は僕の眼を見つめて、無言で頷いた。ますますぞっとした。

「棺桶は三つとも、元あった場所から動いていた。チェイスさんは奴隷をこき使って酷《ひど》い仕打ちをしたみたいで、みんなから良く思われていなかった。それで死者たちが彼をここに入れないように怒っているんだって島のみんなは噂した。それから六年の間、新たに三人の人が死んで、三つの棺桶が納骨堂にしまわれたけど、納骨堂の扉を開けるた

び に、棺桶は移動していたの」

「誰かの悪戯だろ。チェイス氏にこき使われた奴隷が嫌がらせのために納骨堂に侵入して棺桶を動かしたに違いない」

「確かにそういう説もある。でも納骨堂の扉は封印を施してあった。誰かが扉を開ければ分かるようにね。セメントで塗り固められた時もあったの。ちなみに納骨堂の中は抜け穴とか隠し扉の類は存在しなかった」

　僕は肩をすくめた。

「お手上げだな。メリー・セレスト号なんて問題にならないほどの怪事件だ」

「ところがそうじゃないみたいなの」

「つまりその話にも事実と異なる点があったと？」

「二百年近く前の出来事だよ？　この事件に関する資料がはっきり残っていないの。もっとも重要なことは、棺桶がどこからどこへ動いたかってことでしょう？　それなのに、六つの棺桶の移動後の位置は諸説入り混じって明確じゃない。更に一番最初に納骨堂に納められたのはゴダード夫人だってさっき言ったけれど、ゴダード夫人が死ぬはるか以前から納骨堂が使われていたことを示す墓石が発見されている。ゴダード夫人以前の棺桶は、いったいどこに行ったのかな？　この事件は島の総督が乗り出して直接捜査するほどの大きなニュースだった。でも当時の新聞記事のどこにもこの納骨堂の事件は報じられていない」

「——つまり？」

「つまり、棺桶が勝手に動いただなんていう証拠はどこにも存在しないのよ。証拠もないのに密閉状態の納骨堂の中の棺桶が動いているなんて話、俄には信じられないよ。悪戯者の作り話が、そのまま伝説になっちゃったっていうところじゃないかな。フリーメーソンがでっちあげたジョークだと言う研究家もいる」

「なんだ、そんなことか」

不思議な現象も、ふたを開けてみればそんなもんだ。トリックだったり、捏造《ねつぞう》だったり。単純な事件にありもしない尾ひれがついて、百年後には天下の超常現象になる。夢のない時代だ、つまらん。

「でも、そうは考えない人も昔はいた。本当になんらかの〝力〟によって棺桶が動いたんじゃないかってね。その中の一人に——」

「コナン・ドイルもいた」

佐久間愛は頷いて、うん、その通りと言った。

「あの大名探偵シャーロック・ホームズの生みの親は、こう言っている。棺を納骨堂に運び込む作業は黒人奴隷たちが行っていた。その奴隷たちの身体から発せられたある種のエネルギーが納骨堂の中にたまり、それが納骨堂内のこれまたある種の力と反応して爆発が起き、棺桶が動いたと」

「そんなことをあのホームズを書いた作家が言っているのか？」

「大真面目でね。コナン・ドイルは超がつくほどの心霊マニアだった。そんなことを本気で言う人だったら、地球が平面であるなんていう突拍子もないこと言い始めても不思議じゃないと思わない？　少なくともエラリー・クイーンよりも」

「確かに。でもそんな人がよく普通にミステリを書いてたな。ホームズって普通の推理小説だろ？　犯人は実は幽霊でした、で済ませたって良かったのにさ――」

その時、学食の入り口にある人物の姿が見えた。僕は驚愕《きょうがく》した。目が合うと、微笑んでこちらに近づいて来た。

「そうだね。でもホームズって結構とんでも推理をするんだよ。普通のサイズより一回り大きい帽子を見て、この帽子の持ち主は頭がいい人物に違いない！　なぜなら彼は頭が大きいからである、って本気で――ちょっと大三郎君どこ見てるの？」

佐久間愛は僕の視線に気付いたように背後を振り返った。

満面の笑みを浮かべた宮里真希がそこにいた。

「こんにちは」

と彼女はにこやかに言った。

「こちらに座ってよろしいでしょうか？」

と僕の隣の席を手で示した。

駄目だ！　と言える訳もなく、僕はおどおどとした態度で頷いた。ありがと、と言って彼女はその席に座った。

佐久間愛は宮里真希のことを怪訝そうに見つめている。だけど地球平面委員会委員長はお構いなしだ。

僕は佐久間愛に言った。

「紹介するよ——。この人が例の委員会の委員長」

それでも佐久間愛の不信感は拭《ぬぐ》えそうになかった。臆病《おくびょう》そうに僕と宮里真希を交互に見つめ、なんだか今にも泣き出してしまいそうにも見える。

「初めまして」

と宮里真希は佐久間愛とは正反対に明るく言って、彼女に手を差し伸べた。佐久間愛はその手をぎこちなく握り返した。

宮里真希がユマ・サーマンで、佐久間愛がサマンサ・モートンだった。もっともあまりにも極端なたとえだけど。

　二人の性格や外見が映画のそれぞれのキャラクターに似ているというわけじゃない。二人に接する僕の態度が映画の主人公のそれに似ているような気がなんとなくするのだ。つまり僕はショーン・ペンだった。

「こちらは？　大三郎・クイーンさんの彼女ですか？」

　ドキッとした。多分佐久間愛もドキッとしただろう。

「そんなんじゃないです」

　佐久間愛がなにか言いかける前に、僕は言った。

　別に佐久間愛なんかと付き合うなんてまっぴらごめんだっ、と思っているわけではない。ただ僕なんかが彼氏じゃ彼女にしても迷惑だろう、と佐久間愛の気持ちを慮《おもんぱか》っての台詞だった。

「新入生のレクリエーションで一緒になった、佐久間さん」

　と僕は宮里真希に彼女のことを紹介した。

「こんにちは佐久間さん。私は宮里真希です。地球平面委員会の委員長をしています。よろしくね」

　宮里真希は僕とはまったく正反対によどみなく自己紹介をした。

佐久間愛はなにも言葉を発さずに、軽く会釈をするだけだった。

「二人っきりでご飯を食べてるってことは、恋人同士じゃなくても、かなり親密な間柄なんでしょう？」

「――そんなんじゃありません」

と佐久間愛が蚊の泣くような小さな声で答えた。そんなんじゃないのか！　と僕は軽いショックを覚えた。そして次の瞬間、僕もさっきまったく同じことを言ったことを思い出した。ということは彼女も決していい気分ではなかったのかな、と考えた。

「佐久間さん、大三郎・クイーン君のこと、好きなの？」

佐久間愛はぶるぶると首を横に振る。

またもや僕は、好きじゃないのか！　と軽い衝撃を覚える。

「好きじゃなくても、ちょっとは気になってるんでしょう？」

再び首を横に振る。

「本当にそうなの？」

今度は縦に振った。

そんな二人のやりとりを目にしながら僕は、デビッド・フィンチャーの『ゲーム』でマイケル・ダグラスはショーン・ペンにあんなに酷いことをされたのによく怒らなかったな、とこの場とまったく関係のないことを考えていた。

「大三郎・クイーン君はどう思うの？」

といきなり宮里真希が僕に話題をふって来たので慌ててしまった。

「ぼ、僕？」

「そう。佐久間さんのことをどう思ってるの？」

答えられなかった。苦し紛れに、二人が映画俳優にたとえれば誰に似てるだろうと考えた。役柄ではなく、外見からだ。とりあえず、キャメロン・ディアスとソーラ・バーチというところで妥協することにした。

「どう思ってるって言われても――。どうでもいいけど、僕のことを大三郎・クイーンってフルネームで呼ぶの止めてくれませんか？」

「どうして？」

「そりゃ、宮里真希、みたいに普通の名前だったらいいですよ。でも僕の名前は特殊なんだから、なんかくすぐったい感じがするんですよ」

「じゃあ、なんて呼べばいいの？　クイーン君？」

「それもやだ、大三郎でいいですよ」

宮里真希は笑った。

「あなたってどこまでも自分の名前にコンプレックスを持ってるのね。素敵な名前なのに」

「どこが素敵なんですか」

「家族の名前は？」

「は？」

「家族の名前を一通り教えて」

「なんでです！」

宮里真希は、いったいどこまで僕と係わり合いを持とうとするのだろうか。

「クイーン一族がどんな人たちなのか知りたいのよ。せめて名前ぐらいいいじゃない」

僕はため息をついた。そして早口で家族の名前を言った。宮里真希は、ヒューと冷やかすみたいに唇を尖《とが》らせて言った。

「ロイヤルファミリーも真っ青の凄《すご》い家族だね」

「こんなことを、聞いたってしょうがなかったでしょう？」

「ううん、参考になったよ」

「いったいなんのことです」

「その中で、あなたの名前が一番素敵だってこと。やっぱりあなたには誰も敵《かな》わない。

最強の名前だよ。せっかくだけど、私、あなたのことをこれからもずっと大三郎・クイーンって呼ぶからね」

つまり僕はこれからもずっと宮里真希につきまとわれるということか。

「ところで、佐久間さんは下の名前はなんていうの？」

愛、です、と彼女はぶっきらぼうに答えた。

すこぶる居心地が悪かった。早くここから逃げ出したかった。

「そう。で、大三郎・クイーン君は佐久間愛さんのことをどう思っているの？」

「そんなこと――」

「ん？」

「どう思ってるって、普通の友達ですよ。ただそれだけ」

佐久間愛の方をちらちら見ながらそう言う。

彼女は今度はなんだか白けたような顔をして視線を宙に泳がせている。

「ねえ、肝心な質問をするのを忘れていたんだけど」

と宮里真美は急に憂いを帯びた声を出した。

「なんです」

もうどうにでもなれ、という気持ちでぶっきらぼうに言った。

「あなた今、彼女いるの？」

その言葉で佐久間愛の視線が急に僕のところに来た。

「――いいえ」

と僕は答えた。

「彼女、欲しい？」

と更に憂いを帯びた口調で宮里真希は言った。僕は返答に困った。本当に、なんて答えればいいのか分からなかったのだ。

欲しいか欲しくないかで聞かれれば、欲しいに決まっている。でもそんなことはおいそれとこんな場で言うもんじゃない。

「欲しいんでしょう？」

と宮里真希はまるで囁《ささや》くかのような声で言った。

「分かってるよ。あなた、私のことが気になってあの日、委員会室に来たんでしょう？地球が平面だなんて、信じてはいないんでしょう？　興味があるのは私だけなんでしょう？」

宮里真希は濡れた目で僕を見つめ、前屈みになってこっちに近づいてきた。

至近距離で透き通るような白い肌が僕の視界に近づいてきた。その大きな潤んだ瞳に映る僕の顔まで見えるような気がした。唇も、濡れていた。

頭に血が上り、顔が真っ赤になって行くのを感じた。視線を合わせることに耐え切れず、僕はうつむいた。目に、宮里真希の胸の谷間が飛び込んできた。宮里真希の胸がかなり大きい部類に入ることに、僕はこの時初めて思い当たった。

その時、がたん、と誰かが椅子から立ち上がる音がした。佐久間愛だった。

彼女は食べかけのカレーライスを載せたおぼんを持って、僕の顔をどこか冷たい目で見た。

「さよなら」

と感情に乏しい声で言って、そのまま立ち去って行った。

宮里真希は彼女のことに構う様子などこれっぽっちも見せずに、ただ僕の顔を見つめ続けている。

「触りたい？」

と宮里真希は耳元で囁いた。僕は答えられなかった。

残飯入れの青いポリバケツに、残したカレーライスを捨てている佐久間愛の姿が見えた。

「私も、今、付き合っている人いないの」

と宮里真希は言った。

「地球平面委員会に入ってくれれば、あなたと付き合ってもいいよ。今日の午後の講義はさぼって、どこにでも連れてって。二人っきりになれる場所へ」

思わず、僕は立ち上がった。

宮里真希は僕のことを見上げた。それでも彼女はなにも表情を変えない。なにか言おうと思ったけど、気のきいた台詞はなにも浮かばなかった。

「こんなの――いかれてる」

そう呟くのがやっとだった。

僕もまだスープが残っている肉蕎麦のどんぶりを持って席を離れた。背中に宮里真希の視線が突き刺さる。僕は決して振り向かなかった。

肉蕎麦のラー油たっぷりピリ辛スープは美味しいからいつも最後まで飲み干すんだけど、今日はそれができなかった。でもそんな些細なことで残念がってる暇はないぞ、大三郎・クイーン！　と誰かが僕の胸の中で叫んでいた。

それは僕の深層心理の台詞かもしれないし、祖父のエラリー・クイーンが叫んでるのかもしれない。まったく、あなたのおかげで孫は大変ですよ。

残ったスープをポリバケツに捨て、僕は早足に食堂を出た。食券の自販機が置かれている壁の窓から、佐久間愛の背中が見えた。掲示板の前を通り過ぎて行く。

僕は階段を駆け下り、後を追った。走ったので、普通に歩いている彼女にすぐに追いつくことができた。

「待って！」

その僕の声で佐久間愛はこちらを振り向いた。その表情はどこかぎこちない。

「あのさ――」

言葉に詰まった。こっちが呼び止めたのに、なにを話せばいいのか分からなかった。

「なに？」

今、僕と彼女の間には見えない壁ができているのは明らかだった。

勿論、僕の佐久間愛に対する感情は変わっていない。それは彼女にしたってそうだろう。でもさっき現れた宮里真希のせいで、相手が自分のことをどう思っているのかを、必要以上に気にしてしまう。

「あの、僕は宮里さんとは、なんにも関係ないから」

「関係ない？」

急に佐久間愛は声を荒らげた。

「関係ないってなに？　だってあなたあの地球平面委員会に入ろうかどうしようか迷っ

ているんでしょう？」

「でも、それとこれは――」

「違わないよ！　入ればいいじゃない。あんな可愛い人が付き合ってくれって言ってるんだから、付き合えばいいじゃない」

「――あんな女と付き合う気なんてないよ」

と口では言いながら頭の中では宮里真希のあの胸元が点滅していた。『マスク』に出てきたキャメロン・ディアスのことを思い出した。男はみんな彼女のことをこう言う、あれはいい女だ、と。

震える声で佐久間愛は言う。

「どうして、一々私にそんなことを言うの？」

「どうしてって――」

誤解されるといけないから、と言葉を続けようと思ったけどできなかった。

僕の言葉は止まってしまった。佐久間愛は泣いていたのだ。左の目尻から一筋涙が零《こぼ》れていた。僕は涙に濡れたその顔を惚けたように見ていることしかできなかった。

「もう、知らない！」

すねたようにそっぽを向き、早足で向こうへと歩いて行ってしまった。

なにも言えない僕はといえば、ただその場所に立ち尽くしていることしかできなかったのだ。

もう僕はなにがなんだか分からなくなってしまった。

自分で自分の感情がコントロールできなかった。地球平面委員会に入りたいのか入りたくないのか、宮里真希と付き合いたいのか付き合いたくないのか、まったく分からない。

ただ、佐久間愛に嫌われたくなかったのは確かだった。なのに僕は去って行く彼女に対してなにも言えない。

そもそも僕は佐久間愛のことをどう思っているのだろうか？　嫌いじゃないことは確かだ。嫌われたくはないことも。ということは好きなのだ。でもそれは果たして恋愛感情なのだろうか？

昔、何故か中学のクラスで流行《はや》っていた、ＴＭネットワークの『セルフ・コントロール』が頭の中で鳴り響いていた。あの歌みたいに、能天気に自分の葛藤《かっとう》を粉々にできたら、どんなにいいだろう。

7

「そりゃ女っていうものはそういう生き物さ」

と田中先輩は言った。

アパートで寝転がってぼぉっとテレビを見ていたら、田中先輩がやって来た。なんの用かと思ったけど、別になんの用でもなかった。ただ、暇なのだと言う。それは僕も同じだった。でも、人と話す気分じゃなかった。正直、帰ってもらおうかと思ったけど後輩の立場上なかなかそんなことはできなかった。

なんだか暗い僕の顔を見て、彼はなにかを悟ったらしい。急に、若者よ、悩みがあるなら打ち明けたまえと、仰々しく言い始めた。

人の心配するより、自分の将来の心配しろよ、と心の中では思ったけど、それは顔には出さなかった。

人生相談には田中先輩は力不足だったけど、黙っているより誰かに愚痴をこぼした方が精神衛生上いいかもしれないと思った。

それでこうして、ペプシコーラを片手に今日の一件を打ち明けている。

「そういう生き物なんですか？」

「そうそう。俺も何人かの女と付き合ったけど、多かれ少なかれそういう傾向はあるもんだ。不満があると泣くばっかりで、決して口には出さない。ただ黙って、私の気持ちを察してくださいって、目で訴えるんだ」

「何人かって、具体的に何人なんです？」

「おっと、そいつは教えられないな」

「何人って、極端な話、二人だって何人なんだから。田中先輩の統計は当てにならないですよ。そもそも一人の男性がどれだけ女性と付き合ったって、その性格にはなにかしら共通点があるもんです。結局は自分の好みってものがあるんですから。付き合いたくもない女の子と付き合ったっていうんだったら話は別ですけど。つまり、田中先輩は口数少なくてすぐ泣く女の子が好きってことなんです」

田中先輩は大げさにため息をついた。

「お前はまだ若い。きっと大した経験もしていないんだろう。だからそういう悠長なことが言えるんだ。男にとって恋愛は人生の一部だけど、女にとっては人生そのものだ。

男の、仕事も、趣味も、友達関係も、恋愛のためなら捨てられると考えている。だから結婚したら必ずこんなことを言うぞ。あなた仕事と私とどっちが大事なの？　ってね。仕事と家庭と恋愛の、それぞれ重要度を測って数字ではじき出せると考えているんだ。いや、数字じゃない。ランクだ。一番、二番、三番と、順位付けできると思っているんだ。人生はそんな単純なもんじゃないのに！」

田中先輩はこぶしをふりあげ、その演説にも熱が入る。

「女性も、そうやって一言で言い切れるほど単純なもんじゃないと思いますけど」

と僕は皮肉交じりに言った。

「一言？　一言だって？　冗談じゃない。お前俺の話を聞いてたか？　どれだけ俺が口を動かして喉を震わせて発声したと思ってるんだ！　それをたった一言だと！」

たちが悪い。まるで酔っ払いだ。

「田中先輩、酔ったんですか？　それ、コーラですよ」

ふんっ、馬鹿にしやがって、と田中先輩は呟き、ペプシの缶を傾ける。

「俺のことより、お前はどうするんだ？　その宮里真希って子と、佐久間愛って子と、どっちに好かれたいと思ってるんだ？」

僕も缶を傾けた。

「僕のことは、もう放っておいてください」

ここで今すぐ答えが出るとは思わない。

「放っておいてくれだとぉ？　冗談じゃない。お前のためにこうやって相談に乗ってやってるんじゃないか」

「はいはい、どうもありがとうございます」

と捨て台詞を吐き、ごろりとカーペットの上に横になった。

「ふん、悩め悩め。悩むのも若者の特権だからな」

自分も若いくせに、まるで年寄りみたいなことを言う。

田中先輩のことなど放っておいて、僕は天井を見つめながら、今日の出来事を考えた。

僕と宮里真希のあの会話を聞いて、佐久間愛は傷ついたのだろうか。傷ついたということは、彼女は僕に好意を寄せていたのだろうか。

今、佐久間愛には付き合っている男はいないはずだ。本人が以前そう言っていた。

もし僕が付き合ってくれと打ち明けたら、佐久間愛はその申し出にイエスと答えるだろうか。答えるだろうから佐久間愛はあの時泣いていたのだろうか。

つまり、問題は佐久間愛でも宮里真希でもなく、僕自身だった。

僕がどっちにするかを決めればいいのだ。彼女はいないよりいた方がいい。いたらいたで田中先輩の言うように苦労するかもしれないけど、それは後の話だ。

スクリーンの中の女優に恋をするように、仮に写真を見せられてどちらかを選べと言われたら、みんな宮里真希の方を選ぶだろう。率直な話、佐久間愛より、宮里真希の方が美人だ。スタイルも抜群だ。そしてなにより華がある。夏にミニスカートにキャミソール姿で大学に現れたら、すれ違う男子学生は皆、彼女のことを振り向くだろう。

そんな彼女と付き合うチャンスがある。それも向こうから誘ってきたのだ。こんなチャンスを棒に振るなんて考えられない——と思うべきだろうか。

でも、そんな単純なことならこんなに悩んだりはしないのだ。佐久間愛はただの友達だ。それなのにどうして気兼ねしなくちゃいけない？

恋人というものは、物として自分の側《そば》に置き、愛《め》でるためだけに存在すると思っている男だったら、間違いなく宮里真希の方を選ぶだろう。

でも、現実は決してそんなふうにはいかない。女の子は人形じゃなく人間だ。お互い自己主張して、意見が対立する時が必ずやってくる。女の子を物としか考えない男は、そういう局面を乗り越えることはできないだろう。

佐久間愛と話してると楽しい。妙に気が合う。多分、性格が似ているんだと思う。僕は明るくはじけてるっていうタイプじゃない。こんな名前を親につけられたせいで、きっとド派手な名前とは正反対な性格になってしまったのだろう。

一方、宮里真希は——。

彼女が、地球平面委員会などという珍妙な組織を指揮しているという事実が、僕の優柔不断さを強くしていることは明らかだった。

たとえ、スタイルが良くても、美人でも、男なら誰もが羨《うらや》む『いい女』でも。

宮里真希は付き合う条件に、僕の地球平面委員会への入会をあげた。そんなの、女に釣られて怪しげな新興宗教に入るようなもんだ。

つまりそれだ。

地球平面委員会という組織がなかったら、こんなことにはなっていないはずなのだ。もしどこか違う場所で宮里真希と会っていたとしたら、彼女は僕に付き合ってくれと言っただろうか？——言うはずがない、絶対に。宮里真希だったら男は選り取りみどりのはずだ。それなのに、わざわざこの僕を選ぶ理由が分からない。彼女は実は熱狂的なエラリー・クイーンのファン？　まさか。

宮里真希は、恐らく、僕が自分に好感を抱いていることを知っていた。多分、僕の素振りで分かったのだろう。だから自分と付き合うということを条件に、僕を地球平面委員会に入れようと——。

いったい、なんだ？　地球平面委員会というのは。

そうまでして僕を入会させようとする理由が、いったいどこにある？

「なんだ、お前。本当に悩んでるのか」

田中先輩が顔を覗き込んだ。自分で悩めと言ったくせに。

僕は田中先輩とは目線を合わせないように、小声で呟いた。

「どうして、地球平面委員会なんだろう」

「なに？」

「地球空洞説とか、月の裏文明説とか、トンデモ思想は沢山あるのに、なんで地球平面説なんだろう？」

目線を合わせた。

「どうして、あの連中が地球が平面であることを信じてると思います？　それが連中にとっていったいどんな得があるんだ——」

「そんなもん、俺に聞かれたって知らないよ」

悩みを打ち明けろと言ったくせに、ずいぶん無責任だ。

「大体『地球』という字には『球』という字が入っている。つまり球形の大地だってことでしょ？　地球平面なんて言葉、そもそも矛盾してるんだ。コロンブスが地球が丸いことを証明してから、もう何百年も経っているのに、未だに地球が平らであることを信奉している連中がいるなんて、世も末ですね。もう世紀末はとっくに過ぎてるっていうのに」

田中先輩が眉をひそめた。

「コロンブスが地球が丸いことを証明した？　馬鹿なことを言うな。コロンブスはアジアに行こうとして、たまたまアメリカ大陸を発見してしまっただけだ。死ぬまでコロンブスは自分が辿り着いた大陸はアジアだって思い込んでいたんだぜ。勿論コロンブスは地球が丸いことを計算してアジアへの航海の計画を立てた。結局、その航海は失敗に終わった。アジアじゃなくてアメリカに着いちまったんだからな。つまりコロンブスの航海は地球球形論を否定するものでしかなかったともいえるんじゃないか？」

僕は鼻で笑った。

「屁理屈だ」

「馬鹿言うな。地球が丸いことを証明したのは、コロンブスじゃなくてマゼランだ。スペインからアジアを目指して出発し、そしてそのまま地球を一周してスペインに戻ってきたんだからな」

「マゼランはその航海の途中で死んでる。だから地球が丸いことを証明したのは、マゼランじゃなく、マゼランをリーダーとした探検隊のスタッフの一部の人間だ」

田中先輩も鼻で笑って、屁理屈だ、と言った。

「まあ、とにかく地球が丸いってことは間違いない事実だ。俺、去年、潮岬《しおのみさき》に旅行に行ったんだ、紀伊半島の。本州の最南端だ。岩場に立って水平線を見つめたんだ。正に絶景だったぜ。水平線は直線じゃなかった。湾曲していたんだ。つまり曲線だったってこと。それが地球が丸いっていうなによりの証明だろ？」

その言葉に生返事を返しながら、僕は身体を起こした。残り僅《わず》かなペプシを一気に飲み干した。

空になったコーラの缶を横にしてテーブルに置いた。足を折りたたんで収納できるタイプの四角いテーブルだ。宮里真希が言う平面地球は、このテーブルのように真っ平らなのだ。いったいその端はどんなふうになっているのだろう。

僕は指先で缶をそっと押した。缶は転がり、テーブルから落ち、そのまま床の上を転がって、テレビが置かれたサイドボードに当たって、止まった。

8

その翌日、三時間目のシステム実習が終わりコンピュータの電源を消して立ち上がった時、一番後ろの扉にもたれかかるようにして僕を待ち伏せている宮里真希の姿を見つけた。

僕は彼女の姿を見た途端に、顔をそむけて背を向けると再び椅子に座り、彼女に気付かれないようにした。でも遅かった。

背後で繰り広げられている光景——モデルのような足取りで宮里真希が歩いてくる。高いヒールがこつこつと床を鳴らす。男子学生は皆、宮里真希のその身体に視線が釘付けになる——そんな諸々《もろもろ》を想像した。

「大三郎・クイーン君」

と宮里真希の声が聞こえた。

僕は観念して、恐る恐る振り向いた。

満面の笑みを浮かべた彼女がそこにいた。その赤いルージュに濡れた唇からこぼれ出す言葉は分かっていた。ねえ大三郎・クイーン君、地球平面委員会に入会してよ。

僕はため息をついた。

笑顔を崩さない宮里真希は僕の隣の席に座った。ねえ、私の言いたいこと分かるでしょ、と言わんばかりの表情だった。

他のみんなは実習室の外に出て行く。残っている者はごく僅かだ。残って課題の続きをやっている者や、インターネットをやっている者。そして僕たち。

僕は唐突に言ってやった。

「地球が平面だなんて、本当に信じているんですか?」

「ええ、勿論」

と宮里真希は微笑んだ表情のまま答える。

「じゃあNASAが発表した、あの青くて丸い地球の写真。ありゃなんです」

「あれはCGよ。本当の地球の姿が分かったらパニックになるのは目に見えているからね」

「CGか」

僕は呟いた。

「そうよ」

「てっきり、あの写真に写っている地球は球体じゃなくて、昔のちゃぶ台みたいに丸くて平べったくて、僕たちはその上で生活してるって言い出すんじゃないかと思いましたよ」

「ああ、それいい考えね。でもそれじゃ駄目。地球は平べったいけど、円形じゃなくて四角形なの。四方の隅の角度は全部九〇度」

「じゃあその隅っこは、いったいどうなってるんです？　いや、平面地球の四方の端っこはそれぞれどうなってるんです？」

「それは誰にも分からない。私たちには知る術《すべ》がないの。平面地球それ自体に、世界の端っこを知ることを妨げる宿命がプログラムされているのよ」

　なんだか、馬鹿馬鹿しくなってきた。

　僕のうんざりするような表情を見て取ったのか、彼女は僕を説得するかのように言った。

「私たちは科学者たちにいいように騙《だま》されているのよ。地球儀を思い出してよ。日本はあんな場所にあるんだよ？　どうして私たちは下の方に落っこちていかないの？　私たちは、こうして二本の足で大地に立っているじゃない。この大地が丸くて私たちはその側面に立っているだなんてどうして信じられる？　地球が丸いだなんて、所詮《しょせん》科学の本の中だけの話。この手でつかめないもの、この耳で聞けないもの、この目で見えないもの、そんなものに意味はないの。原子や分子や微生物や赤外線や超音波を、どうしてリアルなものとして認識できる？　所詮、どれもこれも観念の中だけの産物。丸い、球形の地球もそれと同じ。私たちはこうして平たい大地に立っているのに」

病気だ。

こんな異常な考えをもっている人間が、試験を受けて合格して、大学に入学しただなんてなにかの間違いだ。

僕は言ってやった。

「船はどうなんです？」

「船？」

「港に立って水平線の向こうからこちらにやってくる船を見つめていたとします。もし地球が平面だったら、最初にいきなり船の全体像が見えるはずでしょう？　でも現実はそうじゃない。まず船の帆が段々、まるで水平線から浮かんでくるかのように見え始めて、徐々に船はその全体像を現すんです。それが地球が丸いことの証拠です。これはアリストテレスが証明したことです」

「そんなものは証明にならないよ。水平線の向こうに見える船だよ？　港から物凄く距離があるよ。太陽の光の加減で、どんなふうにでも見えるよ。蜃気楼《しんきろう》みたいなもの、光学的なトリックよ。あなたアリストテレスに会ったことがある？　所詮その人も、本の中の名前だけの人物よ。活字だけの存在と、今こうしてリアルに存在している私と、あなたどっちを信じるの？」

アリストテレスの方を信じるに決まっている。

見えるものしか信じないと言っているくせに、自分に都合の悪い証拠は錯覚だと言ってごまかす。田中先輩が見た水平線が弧を描いていたということを言ってやろうと思ったが、馬鹿らしくなって止めた。きっとそれもなにかの錯覚だと言うに違いない。

彼女は地球平面論を信奉している。まるで宗教かイデオロギーのように、強く。論争したって、彼女を説得することはできないだろう。

宮里真希は微笑むのを止めて、真面目な顔つきになった。そしてそのままこちらに顔を近づけてきた。

昨日と同じシチュエーションだった。まるで僕に見せ付けるかのように、胸元を大きく開けたシャツを着ている。

「理屈じゃない。理由もいらない。この世界は平らなの」

「——馬鹿げてる」

そう呟くのがやっとだった。

宮里真希は僕から顔を離し、また再び微笑んだ。

「私と、付き合いたくないの？」

彼女は僕の心を見透かしていた。

きっと今まで何人もの男と付き合ってきて、男が考えることなんてすべてお見通しなんだろう。

僕は思う、彼女は僕のことが好きなんじゃない。僕を地球平面委員会に入会させたい、ただそれだけなのだ。その理由は分からないけど、とにかくなにかをたくらんでいることは間違いない。

「まあ、いいわ。まだ時間は沢山あるから。とりあえず、今日はあなたに課題を出します」

そう言って、宮里真希は僕にホッチキスで綴《と》じられた十枚ほどの用紙を差し出した。

訝しげにそれを受け取る。一番上にはワープロで印刷されたゴシック体の文字。

『生産と情報』第二回課題——。その下には彼女の名前と学科と学籍番号が印刷されている。

「それ、今日中に提出しなければいけないの。青山先生の研究室、知ってる？　部屋の前に青山先生手製のレポート提出ボックスが置いてあると思うから、そこに入れてきて」

「それで、課題ってなんですか？」

「だから、そのレポートを青山先生の研究室に提出することよ」

訳が分からない。

宮里真希は立ち上がった。

「じゃあ、よろしくね。ちゃんとレポート届けてよ。それを提出しないと、私、単位落としちゃうんだからね」

「あ、ちょっと待って――」

行ってしまった。

憤慨した。なんで僕が彼女のレポートを提出しなければならないのか。そんなもの自分で行けばいいじゃないか。

でも、もう彼女はここにはいない。走って追いかける気力もない。

本当は、こんなレポート無視してここに置いたまま実習室を出てしまってもかまわないはずなのだ。だけどそんなことをしたら彼女が単位を落としてしまう。自業自得とはいえ、それはちょっと可哀想だな、という気もほんの少しだけする。

提出するだけなら、五分もかからないのだ。エレベータで七階まで上って、提出ボックスにレポートを入れるだけだ。なんの手間もない。

だけど、どうしてそんな簡単なことを僕に押し付けるのだろう。

しかも彼女は僕がこのレポートを届けることを〝課題〟と言っていたのだ。いったい何を考えているのだろう。

レポートをぺらぺらとめくった。CALSは米国国防省で作られた、政府と民間で行うデジタル革命である。製品やシステムを政府が調達し、運用が円滑に行えるように、デジタル情報においてそれらを管理する運動である――云々。

じっくりと読む気にはなれなかったが、ざっと見たところ、内容的には普通のレポートだった。少なくとも地球平面思想などといった突拍子もないことを論じているのではないようだ。

ふう、と小さくため息をついた。

その時、

「お疲れのご様子ね」

と背後から声がした。僕は驚いて反射的にそっちを向いた。

佐久間愛は、僕の二つ後ろの席に座っていた。

「いつからそこにいたんだ？」

「さっきからよ」

「僕と、宮里先輩との話を聞いてたの？」

佐久間愛はこくりと頷いた。

「偶然あの人が廊下を歩いているのが見えたの。昨日と同じような格好をして颯爽《さっそう》と歩いているから、もしかして大三郎君のところに行くんじゃないかなって思って、後をつけたの」

「そしたら、ビンゴだったって訳か」

僕は佐久間愛に言った。

「助けてくれ。聞いてたんなら分かるだろ？　しつこく誘われてるんだ」

「付き合えばいいじゃない。私は、知らないよ」

と彼女は殺生なことを言う。

「私、なんか昨日、あなたの前で変な態度をとってしまったかもしれないけど、気にしないでね。いきなり目の前で、付き合う付き合わないの話が出たから、びっくりしただけ。あなたが誰と付き合おうと、私は、平気だから」

平気じゃないからそういうことを言うのだろう、と僕は思ってしまった。

昨日はともかく、僕は宮里真希のしつこい誘いに本当に辟易《へきえき》していた。きっと表情にも出ていただろう。後ろからこちらの様子をうかがっていた佐久間愛は、そのことを感じ取ったのだろうか。

だから今は、こんなに親しげに話し掛けてくる。

「で、そのレポートを届けるの？」

さっきの会話を後ろで聞いていた彼女は、宮里真希に渡されたレポートを指差して言った。

「どう思う？　いったいどういうつもりなんだろう？」

僕はレポートを顔の前ではためかせながら言った。

「罠《わな》かも」

「罠？」

「大三郎君を青山先生の部屋まで誘《おび》き寄せることが目的なんでしょう。きっと、途中で地球平面委員会の人たちが待ち構えてるはずだよ」

「待ち構えてどうするんだ」

「それは知らないよ」

「まさか、カツアゲする気じゃないだろうな」

「さあ、どうでしょうね。でも先生が沢山いる研究棟でそんなことをするなんて、なかなか考えられないけど」

「先生って言ったって、中学や高校の先生とは違うんだよ。大学の教員なんて自分の研究に没頭するばっかりで、学生が襲われても無視する薄情な人種に決まっている」

「いくらなんでも、そんなに薄情な先生はいないと思うけどなぁ」

ふう、と僕はため息をついた。

なんだかこの大学に入学してからため息ばかりついている気がする。疲れているのだろう。その原因に、地球平面委員会と宮里真希が一枚噛《か》んでいるのは疑いようもなかった。

「もう、考えてたって仕方ないよ。私がついて行ってあげるから、そのレポート出しに行きましょう。提出するだけだよ、なんにも悩む必要ないでしょう」

「それもそうだな」

僕はレポートを手にして立ち上がった。佐久間愛と共に実習室を出た。

この廊下を真《ま》っ直《す》ぐに進んで、突き当たりにあるエレベータに乗れば研究棟はすぐだ。

「そうだ、大三郎君知ってる？」

廊下を歩いてると佐久間愛が話しかけてきた。

「知ってるって、なにを？」

「学長室に泥棒が入ったんだって」

「本当？」

初耳だった。

「うん。金庫が破られて、中のお金がまるまる盗まれていたんだって」

「金庫破りかよ。そりゃプロだな。警察とか来たのか？」

「警察——どうだろう。分からないけど、でもみんな噂してる。結構管理がずさんだったみたいだよ。金庫は安物だし、監視カメラや防犯ブザーもなかったみたい。大学を荒らす泥棒なんかいないって安直に考えていたのかな」

「危機管理がなってないな。この大学大丈夫なのかな。まあ大変な事件なんだろうけど、犯人が学生の財布を狙わなくて良かったよ。ただでさえ貧乏学生なのに、少ない小遣いが盗まれるようなことがあったらかなわん」

と僕は冗談めかして言った。

エレベータに乗り込んだ。六階と七階が研究棟だ。青山先生の研究室がある七階のボタンを押す。

　エレベータの中で、僕はずっと佐久間愛と二人っきりだった。途中で誰かが乗り込んできたりはしなかった。エレベータは直行で七階に到着した。

　恐る恐る廊下に足を踏み出した。人気《ひとけ》はなかった。

　研究棟はこういったレポートを提出するような用事がなかったら、僕ら新入生はあまり足を踏み入れない場所だ。先生やゼミの学生は研究室に籠《こ》もっていろいろな作業に勤しんでいるだろうから、大声を発てるのは憚《はばか》られる雰囲気があった。なんとなく、神聖な場所、という感じだ。

「――誰かが待ち伏せている様子はなさそうだね」

　と、この場所に僕と同じ印象を抱いたのか、佐久間愛が小声で言った。

「やっぱり、僕の考え過ぎだった。こんなところ、待ち伏せる場所なんかあるはずない」

　僕は壁に貼られている案内板のプレートを見て、迷わずに青山助教授の研究室へと向かった。

　研究室のドアの前には、ハンドメイド感覚あふれるダンボールのボックスが置いてあった。郵便ポストを意識しているのか、全体に真っ赤な色紙が貼られている。

　差出口の上部には『レポート提出ボックス』と書かれた白い紙が、そして正面には見知らぬ中年男性の切抜きの写真が貼ってある。これが青山先生だろう。

写真の隣には、漫画みたいに吹き出しの紙も貼られていて、そこには『提出期限は守れや〜。名前と学籍番号は確認したか〜。レポートにはちゃんと表紙と目次をつけるんやで〜』と書かれている。きっと青山先生は関西出身だ。

僕は宮里真希に渡されたレポートをボックスの差出口にそっと入れた。紙が落ちる音が、箱の中から聞こえた。

そして、それだけだった。

レポートを入れた途端に、あの地球平面委員会の三人が現れて、僕を拉致《らち》するんじゃないかと一瞬考えたけど、そんな超常現象は起きなかった。

「さあ、これでおしまい。行きましょう」

と佐久間愛が言った。

「次の講義は？　なかったら一緒に学食寄ってかない？　実はお昼ご飯まだ食べてないんだ」

その佐久間愛の言葉に生返事を返しながらも、頭の中ではクエスチョン・マークが大量発生していた。

いったい宮里真希はなにがしたかったんだ？　いや、僕になにをさせたかったんだ？

ただ単にレポートを提出させるため？　いや、そんなはずはない。こんな簡単な作業、自分でやればいいじゃないか。レポートを苦労して書き上げた人間が、こんな微々たる提出の手間をどうして惜しむ？

第一、僕だったら自分のレポートの提出を他人に頼むような真似はしない。やっぱり自分で提出しないと、安心できない。

「なに？　まだ不安？　大丈夫だよ」

「大丈夫じゃないよ、なんだか気味が悪い。いったい宮里真希はなにを考えてるんだろう」

「だって大真面目に地球は平らなんだって言ってる人だよ？　そんな人がどんな妙なことを考えていたって、ちっとも不思議じゃないよ」

確かに、佐久間愛の言う通りだった。

あんな変人連中のやることにいちいち意味を考える必要などないのだ。彼らは、彼らだけでしか通用しないルールで行動しているに決まっている。それに合理的な説明を求めることがそもそも間違いなのだ。

だけど、そう理性で考えてはいても、僕の頭の中から疑問が消えることはなかった。この疑問の答えへの興味が、僕にとって宮里真希を特別な人間にしていることは明らかだった。

なぜ、宮里真希は地球が平面であるはずだと思い込むようになったのだろう?

9

学食で佐久間愛が昼食をとるのに付き合っていると、携帯電話が鳴った。笠木からだった。

今学食にいるということを告げると、今から行くから待ってろと早口に言い、通話は切れた。

「笠木君？」

と佐久間愛が昨日と同じようにカレーを口に運びながら訊ねてきた。

「ああ、慌てていた様子だけど、どうしたのかな」

数分ほどで笠木が学食に現れた。なんだか深刻な表情だ。

「どうしたんだよ。難しい顔して」

笠木はその質問には答えずに、ぶっきらぼうに僕の隣に腰を下ろした。

唐突に笠木は言った。

「学長室の金庫が破られたそうだな」

「ああ、そうらしいな」

すると更に唐突に笠木はこう言った。

「まさか地球平面委員会の連中がやったんじゃないだろうな」

僕は思わず笠木の顔を見た。佐久間愛が口にスプーンを運ぶ手も止まった。

「なんで、そんなことを言うんだ？　金庫が破られたんだぞ。安物の金庫だったっていうけど、金庫は金庫だ。素人に鍵がかかった金庫が開けられるものか」

僕は呆気にとられた思いで笠木にそう言った。地球平面委員会は確かに怪しげな組織だ。だからといってどうして彼らと金庫破りとをイコールで繋げるのだろう。いくらなんでも飛躍のし過ぎだ。

ところが笠木はこんなことを言った。

「地球平面委員会の説明会に行った時のことを覚えているか。宮里真希はこう言っただろ。この大学には三人しかメンバーがいないけど、インターネットで集めたメンバーなら全国に百人ぐらいいるって」

「うん、そんなことも言ってたな。でもそれが？」

「そのメンバーの中に金庫破りのプロがいるっていう可能性は？」

佐久間愛は目を白黒させている。多分、僕も同じような表情をしていることだろう。

笠木が地球平面委員会に最初っからいい感情を抱いていないのは確かだろうけど、だからといって彼らを犯罪者扱いするのは少々やり過ぎなような気がする。

「そりゃ、そんなふうに考えれば、どうとでも言えるだろうさ。でもさ――。確かにあの連中は変人だと思うけど、でもそれだけで犯罪者と決め付けるわけにはいかないだろう」

と僕は至極常識的なことを言った。

しかし笠木はひるまなかった。

「あいつらが犯人だなんていう証拠はなにもないさ。でも、俺にはあいつらが犯人としか思えない。直感みたいなもんだ」

「どうしてそう思うんだ？　直感でもなんでも、そう思うにはなにかのきっかけがあったんだろう？」

笠木は言った。

「倉庫が燃え落ちた火事を覚えているか？」

「どうして笠木の話はぽんぽん飛ぶんだよ。金庫破りの話をしていたんじゃなかったっけ？」

「黙って聞いてろ。あの時、俺らが田中先輩と車でドライブがてら火事跡見物をした時、団田正樹っていう奴が現場にいただろ。地球平面委員会の奴が」

「ああ」

「よく言うだろ。犯人は現場に戻ってくるって」

僕はぽかんと口を開けた。

「犯人は現場に戻ってくるって——団田正樹が、地球平面委員会が放火の犯人だっていうのか？」

笠木はゆっくりと頷いた。

僕は呆れるしかなかった。

「事件の現場に行ったら、犯人なのか？　それじゃあ、あの時あの現場にいた僕らこそ犯人だってことになりはしないか？」

「俺たちのことはいいんだよ」

「そんな馬鹿な。もし笠木の言う通りだったら、地球平面委員会はとんでもない犯罪者集団だっていうことになる」

「そうだよ。あいつらは犯罪者集団だって俺は言ってるんだよ。なにせ会員は全国に百名以上だ。そいつらをこの街に必要に応じて呼び出すことができれば、やれる犯罪の範囲はぐんと大きくなる」

　訳が分からなかった。

「なんで急に、そんなことを言い出すんだ？　おい、いったいなにがあったんだよ」

「なにもありゃしないよ、ただな――」

　笠木は周囲を見回し、おもむろに立ち上がった。何事かと笠木を見ると、彼はウォータークーラーの方へと歩いて行く。喉が渇いたようだ。

　グラスに冷たい水を入れて、笠木が戻ってきた。席に着くやいなや、笠木はそのグラスの水を一気に飲み干した。口の周りについた水滴を拭いながら、彼は言った。

「昨日、家に帰って俺は自分の部屋でごろごろとしていた。ふと地球平面委員会のことを思い出した。部室の中の諸々――あのマネキン人形や地図が頭に浮かんだ。なぜあの女がお前をしつこく勧誘するんだろうっていう疑問が、その諸々の映像に重なった――。その時、ある考えが浮かんだんだ」

「ある考え？」

　笠木は、ああそうだ、と頷く。

「天啓だ。さっき図書館に行ってこの街の地図を調べた。思った通りだった」

　いいか大三郎、と笠木は念を押すように言った。

「よく言うだろう？　はたから見ると異常な行動をしているように見えても、そいつらにはそいつらなりの論理があるって。つまり異常な論理だ」

「地球平面委員会のことを言っているのか？」

それと同じようなことは、さっき僕も考えた。

「ああ、その論理が俺の考えている通りかどうか、証拠はなに一つない。でもその考えを使うと、あいつらの異常な行動にすべて説明がつくんだよ」

「なぜ地球が平らだって思い込んでいるのかも？」

「ああ、すべてをひっくるめてだ。あいつらは遊んでるだけなんだ」

「そりゃ、遊んでるんだろうさ。地球平面思想なんていうふざけた考えを本気で信じている訳がない」

「なあ、大三郎。お前、俺がいないところで宮里真希になにかされたり、言われたりしたか？」

僕は佐久間愛と顔を見合わせた。そして先ほどのレポートの一件を彼に話した。

「課題って言ったのか？」

と笠木は聞き返した。

「その課題って、レポート自体のことを言っているんじゃないよな？」

「ああ、それとは違うニュアンスだった。宮里真希が、僕に課題を出したんだ。その課題は『生産と情報』のレポートを、青山先生の研究室の前に置かれているボックスに提出することを指して言ってるみたいだった。なにかあるんじゃないかと思って、半分びくつきながら行ったけど、なにもなかった。本当に、ただ提出して帰ってきただけだった」

笠木は難しい顔をしながら眉間に指先を乗っけていた。宮里真希か、と一言呟いた。

「いったいどういう意味があると思う？　笠木が見つけた論理に、その宮里真希の課題も当てはまるのか？」

「ああ。きっとレポートを提出する作業自体にはなんの意味もないだろう。多分、宮里真希が大三郎になにか命令をして、大三郎がそれに従うことが重要だったんだ。命令自体には意味はない」

訳が分からなかった。

「なあ、笠木が思いついた論理って、いったいなんだよ。教えてくれよ」

だが笠木は言いよどんだ。

「まだ確信が持てない」

「でもその論理を当てはめれば、宮里真希たちの行動にすべて説明がつくんだろう？

だったらそれはかなり高い確率じゃないか？」

「それは俺もそう思うさ。だけど――なんていうか、あまりにも馬鹿馬鹿しい考えなんだ。いくらなんでも、こんな論理を本気で信じているはずがないっていう思いも――ほんの少しだけ頭の中にある」

「じゃあ、その論理が正しいことを確かめるには、どうしたらいいんだ？」

笠木は黙ったまま考え込んだ。十数秒後、再び口を開いた。

「プロジェクト・メイヘムってなんだ？」

「なに？」

僕は思わず聞き返した。こっちが質問をしているのに、逆に笠木は訳の分からないことを僕に訊いてくる。

「なんだよ、そのプロジェクト・メイヘムって」

「覚えてないか？　地球平面委員会の委員会室に行った時、パソコンをいじりながら団田正樹が言ってたじゃないか。プロジェクト・メイヘムの資料を集めているって」

僕は記憶を辿った。確かにそんなことを言っていたような気がする。僕らに地球平面委員会のホームページを見せるため、宮里真希に命令されて団田正樹はその作業を一旦止めたのだ。

「メイヘムってなんだ？　なんの計画だ？」

「僕に言われても知らないよ」

笠木の眉間の皺がいっそう深くなる。僕の困惑の度合いも。

いったい笠木はどんな〝論理〟を発見したと言うのだろう。僕はプロジェクト・メイヘムのことについて考えていたけど、なんのことだかさっぱり分からなかった。確かに団田正樹が口にした以外で、どこかでそんな名前を聞いたことがあるような気がする。でもどこで聞いたのか思い出せない。

その時、

「プロジェクト・メイヘムって『ファイト・クラブ』のことでしょう？」

と佐久間愛が初めて口を開いた。

その瞬間、思い出した。巨大な球形のモニュメントが転がってカフェをぶち壊すシーンが頭の中に点滅した。それも映画の中ではプロジェクト・メイヘムの一環なのだ。どうしてすぐに思い出さなかったのだろう。

「なに？」

笠木の視線が佐久間愛に向いた。

「映画だよ。ブラッド・ピットが出てるやつ。友達の女の子がブラッド・ピットのファンだったから一緒に行ったんだけど、単なるスター・ムービーじゃなかったから、その子はお気にめさなかったみたい。大三郎君、知らない？」

「知ってるよ。でもまさかそれと地球平面委員会が結びつくとは思わなかった」

「俺、観たことない、それどんな映画だ？」

佐久間愛の代わりに僕が説明した。

「ブラッド・ピットとエドワード・ノートンが、秘密のボクシングクラブを設立するんだけど、そのメンバーは殴り合いだけじゃ飽き足らなくなって、テロ活動に走るんだ。レンタルビデオ店のビデオを磁石で全部駄目にしたり、売り物の自動車をハトの糞で真っ白にしたり、ビルに爆弾しかけたり。そのテロ計画の名前が――」

「プロジェクト・メイヘムなのか？」

僕は頷いた。

「くそっ」

と吐き捨てるように呟き、笠木は立ち上がった。

「はっきりしたら、お前に教えるよ。じゃあな」

と笠木は言って、足早に学食を後にした。忙しない男だ。

「大三郎君、どう思う？」

遠ざかっていく笠木の背中を見ていると、佐久間愛が話しかけてきた。不安そうな顔つきだ。

「本当に、地球平面委員会の人が、プロジェクト・メイヘムのプランを立ててるって言ったの？」

「言ったけど、それだけでまさか、あの火事や金庫破りを連中がしてるだなんて、飛躍のし過ぎだ」

「でも、笠木君は、すべてに説明がつく論理を思いついたって言ってたよ」

「でも、まさか――」

笠木の話を僕はまだ信じられずにいた。そして笠木の言う論理とやらがいったいなんなのか想像すらつかなかった。

そして翌日、笠木は行方不明になる。

彼の死体が発見されたのは、それから更に三日後のことだった。

10

　笠木が講義に顔を出さなくなり、家にも帰っていないことから、これは正真正銘の失《しっ》踪《そう》だと皆が騒ぎ始めた頃、大学の森の中で奇妙な物体が発見された。

　地球平面委員会がある六号館に向かうために通る道は、その森を横断するように存在していた。

　僕はその現場に居合わせなかったし、そんなことが起きているだなんて考えもしなかったから、以降はすべて想像の範疇《はんちゅう》の話だ。

　その物体とはコンクリートの塊だった。

　奇妙だったのはその形だった。人間そっくりの形をしていたのだ。

　頭があり、胴体があり、手足が生えている。顔には鼻のような突起まであり、目元の窪《くぼ》みも確認できた。つまりコンクリートで作られた等身大の人形だった。

　その物体は木にもたれかかっていた。まるで立っているようだったという。

「マネキン人形をコンクリートで固めたんだと思いました」

と作業を手伝った用務員はそう警察に語った。

こんなところに謎の粗大ゴミを放置しておく訳にはいかないということで、大学側は区役所に連絡した。

役所と大学の職員はこの物体の始末に困った。人の形をしたコンクリートが遺棄されているだなんて、未だかつてなかったことだった。

何気なく一人の職員がその物体に触ると、バランスを崩したのか人型コンクリートは横倒しになってしまった。地面に衝突して激しい音を発てた。

コンクリートは所々ひび割れ、中身が覗いた。色とりどりの布切れだった。まるで服のようだった。その場にいた皆の頭の中に厭《いや》な予感が過《よぎ》った。

視線を物体の指先付近に下ろすと、割れたコンクリートから、黒ずんだ人間の指が突き出ていた。

それが笠木だった。

11

「嘘、だろ」

そう僕は呟くしかなかった。

死体発見現場となった森には立入禁止のテープが張られ、野次馬たちの侵入を防いでいる。それでも森には好奇心旺盛な学生たちが多数集まって大変だった。今にもテープを乗り越えて現場に侵入しかねない雰囲気だったからだ。

僕は呆然と野次馬たちの後ろにいた。

笠木が死んだことを、テレビのワイドショーで初めて知った。

子供の時から知っている親友なのに。それなのにその死を公共の電波で知るなんて。

笠木の両親が僕に電話してくれてもいいはずじゃないか——そんな諸々の感情が頭に渦巻いたが、すべて意味のない思考だった。

笠木が死んだというショックをごまかすために、厭でもなにかを考えなければならなかった。そうしなければ、押しつぶされてしまいそうだった。

ワイドショーは残酷にも事件の一部始終を報道した。後頭部に打撲の跡があり、それが致命傷になったと見られる。犯行後犯人はなんらかの目的で、死体をコンクリートで塗り固めた。無茶苦茶な殺され方だ。殺されたってだけでとんでもない異常事態なのに、死体に施された装飾が、これだ。

今まで祖父のことを尊敬していなかったことを激しく後悔した。密室、首なし死体、ダイイング・メッセージ、そんな事件を扱った小説がノンフィクションだなんて信じられない。僕はずっとそう思っていた。

でも、現実はこうだ。親友だった笠木が、コンクリートの人形にされて死んだ。バラバラ死体で発見された方が、もちろん衝撃的だけど、まだましだ。

「大三郎君――」

背後からか細い声が聞こえた。今にも泣き出しそうな声だ。振り向かなくても分かっていた。佐久間愛だ。だから僕は振り向かなかった。

彼女はこちらに近づき僕の手をそっと取った。冷たかった。

ゆっくりと佐久間愛の方を見ると、その目には涙がたまっていた。僕も泣きそうになった。

「可哀想だね」

「ああ」

「酷いよね」

「ああ」

佐久間愛は眼鏡を外して、掌《てのひら》で涙を拭った。僕はそんな彼女の仕草を見つめていた。


数日後、笠木の通夜に参列するために僕は実家に帰った。

葬儀は笠木の実家の近くの葬祭場で執り行われることになった。僕の実家もその近くにあった。前の道を通ることは勿論あったけど、中に入るのは初めてだった。

佐久間愛は列席するかどうか散々迷っていたけど、結局来なかった。薄情者と責める訳にはいかない。彼女は、あまり笠木とは親しくしていなかった。

自分の外見を顧みず女の好みにはうるさい笠木は、いつも教室の一番後ろから、一番前に座っている佐久間愛を蔑《さげす》むようなことばかり言っていたのだ。勿論、本人の前ではそんなことは言わなかったけど。なにかの拍子にそれが彼女の耳にも入り、笠木に対して、あまりいい感情を抱いてはいなかったのかもしれない。

それに、笠木の通夜に参列するのはほとんど地元の友達連中だ。大学や専門学校に行っている奴や、就職している奴、フリーターもいる。焼香するだけだといっても、人見知りするタイプであろう佐久間愛がその中に入るのは苦痛に違いない。

幼い頃から慣れ親しんだ町並みは、鯨幕《くじらまく》とずらりと並んだ白い花輪のせいで一変していた。

葬祭場の外には、ワイドショーのクルーたちが待ち構えている。ぼんやりと歩いているときっとマイクを向けられてしまうだろう。あの名探偵エラリー・クイーンの孫のあなたは、この事件をどう解決するんですか？

――解決？　冗談じゃない。僕なんかの手におえるはずがない。

もっと簡単な事件だったら、ちょっと推理にチャレンジしてみようかという気にもなる。だけどこれは想像を絶する猟奇事件だ。推理小説の中でだって、こんなことは滅多に起こらないだろう。僕は今まで一度だって事件と名のつくものを解決したことがない。それなのに、いきなりこんな大事件を？

並ぶ列は滞りなく動き、僕に焼香の順番が回ってきた。

脳裏に笠木との思い出が駆け巡った。川原で遊んだ。ジャングルジムを上った。一緒にドラえもんの映画も観に行った。自転車に乗って、どこまでもどこまでも走った。たまには喧嘩もしたけれど、一番の親友だった。

焼香の煙が目に染みた。こらえようとした涙があふれた。涙に濡れ、肩を落とした笠木の両親の姿は見るに堪えなかったので、僕は指で目頭を拭いながら後ろを振り向いた。

その時、思わず僕の足が止まった。

意外な人物と目が合ったからだ。

それは宮里真希だった。

彼女は列の後ろの方に並んでいた。黒いスーツ姿だった。僕を誘惑するために胸元を大きく開けた格好をした彼女の姿ばかり見ていたから、一瞬別人かと思った。

——でも、どうして彼女がここに？

彼女は、佐久間愛以上に笠木と親しくなかったはずだ。それなのになぜわざわざ大学から遠い笠木の実家まで？　まさか僕を追いかけてきたのか？

頭の中では疑問符が去来しているけど、後ろがつっかえるので、ずっと立ち止まっているる訳にもいかなかった。

僕は彼女の方へと歩いた。

すれ違う時、目が合った。僕から先に視線を逸らした。

別室では、懐かしい皆が顔をそろえて、用意された軽食をつまみながら笠木の思い出に浸っていた。みんなビールを飲んでいた。派手に泣いている奴もいた。未成年もいたはずだけど、とがめる者は誰もいなかった。

昔の友達と目が合うと僕は無言で軽く手を上げた。その素振りですべてを察したのか、彼も同じようにグラスを持った手を上げただけで話しかけてこようとはしなかった。

壁際に置かれた椅子に座った。頬杖《ほおづえ》をつき、それから額に手をやった。目元を拭ったり、耳たぶを掻《か》いたりもした。

落ち着かなかった。

心の中の五十パーセントは笠木の死を悼《いた》み、残りの五十パーセントではなぜ宮里真希が笠木の葬式に来たのだろう、と考えていた。

でも、そんなこと本人に直接聞けばいい。

あの宮里真希が焼香しただけで帰る？　まさか、そんなはずはない。

しばらくそうしていると、案の定、宮里真希が部屋に現れた。周囲を見回し、僕の姿を認めるとこちらにやって来た。

彼女は僕の隣に座った。僕らはしばらく無言だった。

先に口を開いたのは僕の方だった。

「どうして、ここにいるんです？」

「いたらいけない？」

その彼女の声は、いつもよりほんの少しだけトーンが暗かった。

「あなたは笠木と親しくなかったはずだ。口を利いたことだって、きっと僕らが地球平面委員会の部屋を訪ねた、あの時だけだ。ほとんど赤の他人と変わらないのに、どうして——」

「私がここにいちゃ、目障り？」

「誰もそんなことは言っていません。でも——」

「つまり、場違いってことね」

宮里真希は、頬杖をついて僕を見つめた。僕は彼女の瞳を数秒見つめて、そして言った。

「今日は、言わないんですね」

「なにを？」

「僕に『お願いだから地球平面委員会に入って』って。宮里先輩は僕の顔を見るたびに、同じことを言うから」

宮里真希は笑った。

「私だってTPOはわきまえてるつもりだよ。お通夜の席でそんなことを言うなんてふさわしくないからね」

「じゃあ、僕のことを諦めたわけじゃないんですね？」

勿論、と不敵に笑って彼女は言った。

彼女は僕の質問に答えていなかった。なぜ笠木の通夜に現れたのか、という問いに。

ふと、思った。

彼女が今、ここにいるのは笠木の死についてなにか知っているからではないだろうか。

もっと極端なことを言うと、その死に係わっている、とか。

率直に言うと、彼女が笠木を殺したのではないだろうか。

多分、事故のようなものではなかったのだろうか。彼女に殺意はなかった。だけど結果として笠木を殺してしまった。コンクリートでその死体を塗り固めた理由は分からない。恐らく、そうすることで死体に残った何らかの証拠を隠匿しようとしたのではないだろうか。

つまり、罪を逃れようとするための工作。

事故で笠木が死んだのだとすれば、恐らく殺人罪に問われる可能性は低いだろう。大学生活を続けることは難しくなるかもしれないが、その場合、まず救急車を呼ぶのが常識的な判断ではないだろうか。

宮里真希には笠木の死を公にできないなんらかの理由があった。それは――分かりきったことだ。

笠木はあの時、僕に言ったではないか。すべての事件の犯人は、地球平面委員会だと。倉庫への放火、学長室の金庫破り。それらの犯行が白日の下に晒されることを、宮里真希は望んではいなかった。

だから宮里真希は笠木の死体を放置することに決めた。

彼女と笠木とは、元から接点などあってないような関係だ。一度、地球平面委員会の委員会室を訪れただけ。それだけで殺す殺されるのいざこざが発生するだろうか？　警察に疑われる心配も少ない。

つまり、彼女は良心の呵責《かしやく》からせめて通夜だけにでも来ようと考えた。

宮里真希の顔をうかがった。本当に口数が少ない。当たり前だ。通夜の席なのだから。しかし、彼女は笠木と親しくしている訳ではなかった。それなのに、こうも笠木の死が応えているということは——。

僕は言った。

「宮里さん」

「なに？」

「プロジェクト・メイヘムってテロの計画ですか？」

宮里真希の表情は変わらなかった。僕は尚《なお》も話を続ける。

「ブラッド・ピットの映画に出てくる名前ですよね、それ？　ビルを破壊したり、とんでもないことをやった。人は殺さなかったけど。団田先輩、あの時、言ってましたよね。プロジェクト・メイヘムの資料を集めているって。いったいどんなテロをするつもりだったんですか？」

宮里真希は、微笑んだ。

その瞬間僕は悟った。

彼女は僕よりも肝がすわっている。ちょっとやそっとのことで動じるようなことは、決してないのだ。

彼女は言った。

「あなたは一つ肝心なことを忘れている」

「なんです？」

「私たちが、地球平面委員会だってことよ」

僕は訝しんだ。いったいどういう意味だろう。

「コリン・ウィルソンは『サイキック』という自分の本の中で、こういうことを言っている。『多くの地方医は、正統的な除去方法を使う前に、いぼの患者をいぼまじない師のところに送り込む。ほとんどの場合、それでうまくいく。これは医者と〈平らな地球協会〉のメンバーを同等にあつかうというものではなく、単なる実用主義に過ぎない』――三笠書房刊、梶本靖子訳。何百回も読んだから、諳《そら》んじてるの。大三郎・クイーン君、コリン・ウィルソンって知ってる?」

「だからフルネームで呼ぶのは止めてください」

「質問に答えて」

僕はしぶしぶと、名前は聞いたことがあります、と答えた。

「コリン・ウィルソンは超常現象専門家と言っていいぐらい、そういう類の本を沢山書いているの。そのほとんどが、超常現象に関して肯定的な意見。だから彼がその信憑性《しんぴようせい》を疑っている超常現象は、相当怪しいと考えるべきよね。そのコリン・ウィルソンが地球が平らだなんてことに比べれば、おまじないで病気が治るなんて至極常識的なことだって言っているのよ」

「それは本人の治癒力ですよ。まじないで暗示にかかったんです。きっと小さないぼだったんですよ。悪性の腫瘍《しゆよう》のせいでできたでかいいぼだったら、そんな簡単にはいかないと思いますけどね」

「そうだね。つまり私が言いたいことは、世の中にその信憑性を問われている現象、思想は沢山あるけれど、その中でも地球平面論はまったく信じられていない考えなの。信じる者は、もうそれだけで人間扱いされないの。酷い差別だと思わない？」

ああ、そうですか、と僕は適当に相槌《あいづち》を打つ。

内心、呆れていた。なにを当たり前のことを言っているんだろう、と思ったのだ。

地球が平面だなんて本当に信じている人間が、まともな訳がない。遊びでやっているのか、精神科に入院する必要があるのか、そのどちらかだ。そんなことは分かりきった上で、宮里真希は地球平面思想を論じているのではなかったのか。

「差別された腹いせに、テロをやろうと思ったんですか？」

「違うわよ。そういう意味で言ったんじゃない。つまり世間の人から見れば、地球平面思想を信じている人間なんて、人間扱いされていないってこと。つまり非人間。非人間ってことは、無差別に人を殺す、殺人鬼とかテロリストとかとなんにも変わらないってことよ」

殺人鬼はともかく、テロリストというからにはなにか彼らなりの思想があるのだろうか。彼らなりの正義があって、あんな犯罪をしでかしたのだろうか。

——もし本当に地球平面委員会がすべての事件の犯人だったとしたら。

「プロジェクト・メイヘムという言葉が映画の中でのテロ計画の名前だってことは、私だって知っている。つまり、自虐的な意味で使っているのよ。私たちは世間から、まるでテロリストのような目で見られてる、と」

「じゃあ、団田先輩は冗談で言っていたと？」

「ええ、勿論」

「分かりました。で、結局、プロジェクト・メイヘムって、なんの計画なんですか？テロ計画でないことは分かりましたけど、計画は計画だ」

宮里真希は微笑を消し、僕の方に顔を近づけ、真顔で言った。

「それは、秘密」

宮里真希のその視線から、僕は目が離せなかった。

地球平面委員会がテロ組織だという証拠はなにもない。疑わしいことは疑わしいけど、いくらなんでも彼らが笠木を殺しただなんて飛躍のし過ぎだ、そう考えてしまう気持ちも少しはある。

宮里真希は立ち上がった。

「じゃあ、私はもう帰るね」

そう言って、僕に背中を向けた。彼女の靴音が段々小さくなって行く。唐突に現れ、すぐに去って行く。そんな表現が、正にふさわしかった。

惚けたように小さくなっていく宮里真希の背中を見ていると、向こうのテーブルでビールを飲んでいた昔のクラスメイトたちが皆、こっちに視線を向けていた。

随分前から、僕と宮里真希が話しているところを見ていたらしい。話の内容を聞かれてしまっただろうか？

「なあ、大三郎。あの子、お前の彼女？」

そう訊ねる声に、僕は首を横に振った。

「っていうか誰だよ、あれ、お前の友達？」

「彼氏いるの？　いなかったら俺に紹介してくれよ」

矢継ぎ早に、男たちは僕に質問を投げかける。きっと彼女が欲しくて仕方がないんだろう。

僕は言ってやった。

「君ら、地球が丸いという考えを捨て去る勇気はあるか？」

その言葉を聞いた彼らは、まるで僕が信じている地球のように目を丸くしていた。

12

実家に一泊した翌日、僕はアパートに帰った。

結局、通夜だけにしか参列しなかった。笠木の両親に頼んで焼き場にまで連れて行ってもらい、笠木の骨を拾おうかと本気で考えたが、通夜だけで僕は疲れ切ってしまっていた。

もうこれ以上、あんな静粛な場所にいる時間を増やすと、笠木の死を悼む気持ちで僕はどうにかなってしまいそうだった。ましてや焼きあがった笠木の白い骨を見るだなんて、そんな気力はまるでない。

笠木の死で一時ストップした大学生活が再び始まっても、まだ事件の余韻は残っていた。

生まれて初めて、僕は警察の事情聴取を受けたのだった。

オールバックに喪服みたいな黒服を着込んだヤクザのような中年の刑事と、多分部下であろう女性の刑事の二人組みだった。

彼らを始めとした警察の人間たちは、大学中かぎまわって、根掘り葉掘り聞いているらしい。

四十人ほどの学生が聴講できる、こぢんまりとした講義室が、大学側が彼らに提供した即席の取調室だった。地球平面委員会の委員会室より少し広い。

取調べを進めたのは、主に女性の刑事の方だった。

「この大学に通う学生が、この大学の敷地内で殺されたんです。とりあえず、全学生に一通りは話を聞いている。目撃者がいるかもしれませんから。特にあなたは――えーと、これ本名ですか？」

いきなり、なんて失礼なことを聞くのだろう。でも、こんなのは慣れている。僕は開き直って、堂々と言ってやった。

「そうです。なにか問題がありますか？」

「いいえ。クイーン・大三郎君ですか。珍しいお名前ですね。あの名探偵エラリー・クイーンの親族なんですか？」

彼女にしてみれば冗談で言ったつもりだっただろうけど、残念ながら大正解だ。そうです、とぶっきらぼうに答えた。彼女の顔つきが変わった。きっと祖父の伝記のファンかなにかなのだろう。

「本当ですか？」

「本当です、嘘ついてどうするんですか？」

その時、ヤクザみたいな刑事が、ふんっ、と鼻で笑って彼女に言った。

「無駄話はするな。暇じゃないんだからな」

なんてぶっきらぼうな口の利き方だ。きっと名探偵に嫉妬《しっと》してライバル心を抱いているのだろう。

女性の刑事は気を取り直すように、口に手をやり、こほん、と咳払《せきばら》いをした。

「特にあなたは、亡くなられた笠木さんと幼なじみで現在も仲が良かったということですから、なにか笠木さんを恨んでいるような人に心当たりがないかと思いまして、こうしてお話を伺っている訳です」

「頭を殴って殺して、コンクリートで塗り固めるほど憎んでいる人間、ですか？」

「ええ」

彼女は頷く。

僕は言ってやることにした。宮里真希は友達を売ったの？　と憤慨するだろうが元々友達でもなんでもない。

報復されるかも――という恐怖が頭の中にこれっぽっちも過らなかった、と言えば嘘になる。だけど笠木を失った悲しさと、地球平面委員会に対する不信は最高潮に達していた。

地球平面委員会がいなかったらきっと笠木が死ぬこともなかったはずだ――というなんの根拠もない考えを捨て去ることはできそうになかった。

「憎んでいるかどうかは分かりませんが、笠木のことを疎ましく思っていたであろう組織は知っています」

「組織？」

「ええ。この大学には地球平面委員会という組織があるんです」

「どんな組織なんです？」

「ごく一部の学生たちが勝手にやってる同好会みたいなものです。彼らは地球が球形ではなく平面だって、本気で信じているんです」

刑事たちは目をむいた。

「僕が信じてるんじゃない。そいつらが信じているんです」

「――つまり、どういうことなんですか？」

「メンバーはたったの三人です。そのリーダーが三年生の宮里真希という女性です。彼らがどうして地球平面論を信じているのか、それは分かりません。でも、生前、笠木は、その地球平面委員会に、ある疑惑を抱いていました」

「どんな疑惑なんです？」

「先月起こった、倉庫の火事のことをご存知ですよね？」

「――ええ」

「あれは地球平面委員会が放火したんだって笠木は言っていたんです」

二人の刑事は顔を見合わせた。半信半疑、といった顔つきだった。

「それだけじゃありません。学長室の金庫が破られて中のお金が盗まれた事件も、地球平面委員会の犯行だと笠木は言ったんです」

「学長室の金庫ぉ？」

オールバックの刑事が、素っ頓狂な声を上げた。そして再び女性の刑事と顔を見合わせる。

なにをそんなに変な顔をしているのだろう。この大学で起こった盗難事件だったら、当然この警察の管轄のはずだ。それなのに、まるで彼らは初めて聞いたみたいな顔をする。

「ちょっと行ってくる。時間はかからない、すぐ戻ってくる。話を続けてろ。君も、俺が戻ってくるまでここにいるんだ。いいな」

オールバックの彼は僕を指差し、有無を言わせぬ口調でそう言うと、足早に部屋を出て行った。

いったい、なんだっていうんだろう。

僕は女性の刑事と一対一で残された。彼女は鋭い眼光で僕のことを見た。まるで本当
に取調べを受けているみたいだった。彼女は僕に問い掛けた。

「どうして笠木さんは、地球平面委員会がそれらの事件の犯人だと断定していたんです
か？」

「知りません。ただ、慌てた様子で僕に言ったんです。天啓があったって。彼らが犯人
だとすれば、すべてに説明がつくって」

「すべてに説明がつく？　いったいどういうこと？」

僕は首を横に振った。

「それも知りません。ただ、あまりにも突拍子もない考えだから、うかつに口にすると
僕らに馬鹿にされると思っているみたいでした」

「僕ら？」

「学食で、佐久間愛という女の子といる時に、笠木がやって来て、その考えを僕に話し

たんです」

「ちょっと待って——サクマアイさんね。この字でいいの？」

彼女はそこらにあった紙に、佐久間愛と書いて僕に見せた。僕は頷いた。

「後で彼女にもこの時のことを聞きますね。話を戻すとつまり——地球平面委員会がそれらの事件の犯人だという証拠はない訳？　証拠はあるかもしれないけど、あなたは笠木さんにそれを聞かなかったということ？」

「確かに物的証拠はないかもしれません。でも、笠木は僕にそう言った翌日に行方不明になっているんです。それがなによりの証拠じゃないですか？」

「そういうものは証拠とは言いません」

と彼女は鼻であしらうように言う。

「笠木さんがその地球平面委員会という組織が一連の事件の犯人だと思った理由はどこにあると思います？」

「見当もつきません」

「その組織は、普段から怪しまれていたんですか？　あいつらだったら犯罪行為に手を染めてもおかしくない、と」

僕はしばらく考え込み、答えた。

「いいえ――。地球平面論なんていう異常な考えを信奉していますけど、放火や盗みをするなんて笠木に聞くまで考えもしませんでした」

ふう、彼女は大げさに息を吐いた。

「つまり、こういうこと？　笠木さんはその地球平面委員会の罪を告発しようとしていた。そして自分の考えが正しいことを確かめるために、彼らの元を訪れた。地球平面委員会のメンバーにとっては、自分の罪を暴こうとする笠木さんの存在が邪魔だった。だから――消した。そうなの？」

「分からないけど、そういうことじゃないのかなって、僕は考えてるんです」

その時、オールバックの刑事が戻ってきた。荒々しくドアを開閉し、僕の方へと歩いてきた。僕はびびった。その鋭い目つきは本当にヤクザみたいだったのだ。

彼は言った。

「校長室の金庫が破られて、中に保管してあったものが盗まれたって？」

僕は頷いた。

「じゃあ、それはいつのことだ？」

「――え」

佐久間愛から聞いただけの話だ。そこまで詳しいことは知らない。

「中にはなにが入っていた？　現金か？　宝石か？　証券か？」

「——お金だって、言ってました」

彼は僕を鬼のような形相で睨みつけた後、肩をすくめるような素振りをした。本当なら殴り飛ばしたいところだけど職務上我慢している、といった素振りだった。

彼は唐突に言った。

「そんな事件は存在しない」

なにを言っているのか分からなかった、僕は耳を疑った。

「はい？」

「そんな事件は、起こっちゃいないんだよ。確かに火事はあったさ。倉庫が全焼したさ。でも学長室の金庫が破られて、金銭的な損害が発生したなんて、でたらめだ。そんな事件が起こったら普通警察に通報するはずだ。だが俺たちはそんな事件は知らない。さっき手当たりしだい職員をつかまえて聞いたけど、誰もそんな事件はなかったと言う。多分、金庫は複数あってどこになにをしまったのか一時混乱したんじゃないか？　コンピュータのシステムの入れ替えの時とかさ。それで噂が広まったってところじゃないのか？　念のため、署に電話して問い合わせてみた。案の定、通報の記録は残っていない」

しばらく、みんな黙り込んだ。

いや、黙り込んだのは僕一人だった。二人の刑事は、僕がその事実にどう答えるかを待っているのだ。

でも、答えられるはずはなかった。

学長室の金庫が破られたというのは、佐久間愛から聞いて知ったのだ。でも、みんな噂していた。笠木だって知っていた。そんな事件が起こっていないというなら、どうしてそんな噂が立つ？

本当に、根も葉もない噂だったのか？

「みんなに聞いてください。そういう噂があったんです」

でも二人の刑事は、僕の言うことなどまるで信用していない顔つきでこちらを見ている。まるで僕がその噂を流したんだといわんばかりの顔つきだ。

「それでも、その地球平面委員会という連中が怪しいと、君は言うのか？」

「確かに、その金庫破りの一件はただの噂だったかもしれません。でも火事があったことは事実でしょう？　地球平面委員会を調べてください。放火した証拠が残っているかもしれません」

「彼らに、放火のどんな動機があるんだ？　その、地球平面論とかいうふざけた思想に、放火がどう係わってくる？」

「そんなの、知りません」

「あなたがその地球平面委員会に偏見を抱いているのは勝手だけど、日本は思想、言論の自由が保障されている国だからね。どんなことを信じても、どんな集会を開こうとも、個人の自由なの。怪しげな思想を信じているというだけで、その人が犯罪者だと決め付けるのは差別なのよ？」

まるで子供に言い諭すように女性の刑事は言った。

理不尽だった。地球平面委員会を知っている人間なら、十人が十人とも、あいつらの方がおかしい、と言うだろう。

その地球平面委員会に疑惑の目を向けていた笠木が殺されたのだ。その死に地球平面委員会がなんらかの形で係わっていると考えてしまったって、責められる筋合いはない。

オールバックの彼は、ドスの利いた声で言った。

「忠告しておくが、クイーンだか知らんけど、名探偵を気取ってカッコつけるのは止めておいた方が身のためだぞ」

素人探偵気取りが、プロの警察の向こうを張って殺人事件を解決しようだなんて百万年早い——今にも、そんな言葉を続けてもおかしくない雰囲気が室内に満ちていた。

「まあ万が一ということもあるから、その地球平面委員会とやらにもあたってみるか。もっともあんたの頭の中だけに存在する委員会じゃなけりゃの話だけどな」

プライドが傷つけられたのは勿論だけど、それ以上に、いたたまれない気持ちの方が強かった。

それから刑事たちは、笠木が殺された晩、僕がどこにいたのかを訊ねてきた。それは関係者のほとんどに訊ねる形式的なものなんだろうけど、僕はまるで自分が犯人扱いされているように思えてならなかった。

長期間旅行に出る際は必ず連絡先を知らせるようにと言い渡されて、僕は解放された。僕は呆然と廊下を歩いていた。息がつまりそうだった。早く外に出て、新鮮な空気が吸いたかった。それに早く今までいた部屋からも遠ざかりたかった。

僕は足早に階段を下りた。そして考えた。賊が侵入して学長室の金庫を破ったなんてことは根も葉もない噂だったのだろうか。

そう思うやいなや、僕は携帯電話を手に取っていた。迷わずに佐久間愛の携帯にかける。一階のホールを抜けて、屋外に出て、まぶしい太陽の光を感じた時、佐久間愛が電話に出た。

『あ、はい――もしもし?』

「今、大丈夫?」

『大丈夫だけど、どうしたの?』

僕はため息混じりに言う。

「今、刑事に事情聴取を受けてきた」

『本当?』

「ああ、本当だ。――君のせいで大恥かいた」

『――え?』

彼女は僕がなにを言いたいのかが分からないようだった。

「学長室の金庫が破られたって、君、言ってただろう?」

『――うん』

「それ、どこからの情報?」

『どこからって――スナハラさんから聞いたの』

誰だ、そいつ。

「友達?」

『うん』

「ようするに、噂か」

『まあ、噂って言えば、噂みたいなものかもしれないけど』

「僕は、刑事に言ってやったよ」

『なにを?』

「地球平面委員会が笠木を殺したんじゃないかって」

『——そんなこと言っちゃったんだ。そしたら、なんて?』

「倉庫の火事も、金庫を破ったのも地球平面委員会の仕業で、そのことに気付いた笠木を地球平面委員会は口封じのために殺したんじゃないか——。そう僕は刑事に説明した。でも金庫が破られた事件なんてそもそもなかったんだよ。刑事が調べたんだから確かだ。それだけでもう僕の話には信憑性のかけらもなくなる」

佐久間愛の困惑した様子が、電話機の向こうから聞こえてきた。

『——本当?』

「本当だよ。これからうかつに噂を人に流さないで欲しいな。どんどん尾ひれがついて広まるから」

僕自身、裏づけもとらずにその噂を信じた一人だけど、今は自分の態度を省みるより、噂が僕に伝わるきっかけとなった彼女に対する憤りが勝っていた。

『でも、でも――』

納得できない様子で、彼女はもごもごと声を発する。

「なんだよ」

『大三郎君、覚えてる？　私たちが笠木君に最後に会った時、笠木君あなたに言ったじゃない。学長室の金庫が破られたそうだな、って』

「ああ――言ってた」

『金庫が破られた噂は笠木君の耳にも届いて、それで何らかの考えを思いついたんじゃない？　その考えのせいで笠木君は――殺された』

「でも、結局、金庫が破られたっていうのはデマだった」

『デマじゃなかったとしたら？』

「え？」

『だって、みんな学長室に泥棒が入ったって信じてたんだよ？　職員さんの口から直接聞いたっていう人もいる。もし本当にデマだったら、みんな素直にそれを信じ込む？　笠木君だって信じてたんだよ？　金庫が破られたってことを前提にして、なにか考えていたんだよ？』

彼女の言葉を聞きながら、まぶしい日差しで目がくらんだ。

僕はなにがなんだか分からなくなっていた。

今自分が巻き込まれている状況が、現実だとは思えなくなっていた。いろんなことが起きて収拾がつかない、僕はどうしようと焦るばかり。最近、そういう夢をよく見る。

でもこれは、現実だ。現実のはずだ。

「結局、その事件は起きてないんだ。地球平面委員会と笠木の事件を繋ぐ接点も見つかりそうにない。いくら僕が名探偵エラリー・クイーンの孫だといっても、お手上げだよ」

自嘲気味にそう言った。

自分からエラリー・クイーンの孫だなんて言ったことは、これが初めてだった。

『大三郎君――』

佐久間愛は、僕の名を呼んで、沈黙した。その口調は、明らかに僕の態度に不満があると言わんばかりのものだった。

「なんだよ」

『ううん――なんでもないの』

なにが言いたいのだろう、彼女は。

僕は思い出す。佐久間愛はミステリが好きだった。彼女にとってエラリー・クイーンとは泣く子も黙る名探偵だ。エラリー・クイーンの孫――その言葉の意味を誰よりもよく理解しているのが、多分彼女なんだろう。

彼女はいったい、僕にどうして欲しいのだろうか？

僕に、笠木を殺した犯人を見つけて欲しいのだろうか？

僕に――祖父のような名探偵の素質があると、信じているのだろうか？

13

佐久間愛がどう考えているのかは知らないけど、僕が祖父譲りの推理力を発揮することなどなく、月日は流れていった。

それから暫くは、なにも起こらなかった。本当になにも。

事態は変わっていなかった。なにも起こらず、なにも変わらないまま、ただ季節だけが過ぎていった。

倉庫に放火した犯人は未《ま》だ見つからないようだし、学長室の金庫が破られた事件があったのかどうか、結局うやむやなままだった。

肝心の笠木の事件も、なにも進展はなかった。なぜ殺されたのか、誰が殺したのか、どうしてコンクリートで塗り固められたのか、その答えを知る者はいなかった。

僕と佐久間愛と宮里真希の関係も変わらなかった。

宮里真希は、週に一度程度僕のもとにふらりと現れて、映画に行こうだとかコンサートに行こうだとか誘ってきた。地球平面委員会の名を何度も出すと辟易されるだろうから、まず個人的に親しくなってから委員会に勧誘しようという魂胆なのだろう。

だから僕は彼女の誘いを断り続けた。その光景を見た友達は、あんな美人の誘いを断るなんて信じられないと言っていたけど、僕だって断腸の思いだったのだ、

顔見知りになって長いのだから親しみだって生まれる。気安く話せる間柄になる。真夏になると彼女はどんどん薄着になって、胸の谷間を僕に見せ付けるかのようにその大きな瞳を僕に近づけるのだ。理性は麻痺《まひ》して、もうどうだっていいやという気にもなる。だけど、すんでのところで僕はこらえる。罠だ、というシグナルが頭の中で点滅し続けている。

どうして彼女が僕を地球平面委員会に引き入れたいのか、それは分からないけど、入会してしまったらきっとろくなことにはならないだろうという気がする。

彼らは何十万もするつぼを買わせたり、三日三晩寝ないで修行させて洗脳するのかもしれない。まるで新興宗教だけど、地球が平らなことを信じている時点で、宗教だ。

僕は宮里真希と付き合うこともなく、地球平面委員会にも入らなかった。

佐久間愛とも、なにも変わらなかった。

結構、仲が良くて構内では一緒にいることが多い。だから僕と佐久間愛が付き合って

いるんじゃないかと思っている友達もいたけど、そう聞かれるたび、僕は慌てて否定していた。

なにを慌てているのか、自分でも分からなかった。彼女とは話が合うし、喋っていると楽しい。彼氏は多分いないだろうし、僕に好感を抱いているのは間違いないだろうから、付き合おうと切り出せば、そういう関係になるのは至極簡単な気がする。

でもそういう気分になったことはない。佐久間愛が好きか嫌いかと問われれば、多分好きなんだろうけど、付き合うほど好きかと問われれば、ちょっと考え込んでしまう。

つまり佐久間愛も、宮里真希も、僕の中では同じような存在だった。

選択肢が二つあって迷っている？　でも、僕は積極的に恋人が欲しいと思ったことはない。宮里真希には心動かされそうになったけれど、あれはある種の——即物的な感情だ。あのひと時の気の迷いが、異性を物としてしか考えていない情動であるということは、誰よりも僕自身が一番よく分かっていた。

そんなのは、なんとなくいやだった。

勿論、地球平面委員会なんかに係わりたくないという理由もある。

もしかしたら、僕も笠木のように殺されてから、コンクリートで塗り固められてしまうかもしれない。そういう恐怖が僕につきまとっていたのは事実だった。

ただ時間は確実に流れていった。異様な事件に進展はなかったけれど、僕の普通の生活は一歩一歩先に進んでいた。期末テストやレポートに時間を多く費やし、それなりに忙しい学生生活を送っていると、もうあんな事態に巻き込まれることにはならないだろうと、なんの根拠もない考えが胸の中に居座るようになる。

事実、何ヶ月の間、なにもなかったのだ。僕はそれがずっと続くものだと、なんの疑いもなく信じていたのだ。

でも、それはある朝、唐突に打ち壊されることになった。

いつ雪が降り始めてもおかしくない、寒い、冬の朝だった。

その日、町の北の地区は、凍りついたのだ。

14

事件の前日、僕は帰宅するためにとぼとぼと構内を歩いていた。

結局、サークルには入らなかった。この分だと四年間ずっと入らないことになるかもしれない。笠木はせっかくゴルフサークルに入ったというのに、死んでしまった。多分、まだそんなに上達していなかっただろう。もったいない。

だから僕はこうして講義が終わるとそのままアパートに帰るのが日課になっていた。夏は友達と、よく町田や横浜に遊びに行った。夏休みには湘南にも行った。夜でもTシャツ一枚で過ごせる季節は、気軽にどこかに出かけようという気分になるものだ。

でも、夏は終わった。

今の僕はコートにマフラー姿だ。あたりを見回しても皆そんな格好だ。手袋をしている奴も珍しくない。毛糸の手袋はもこもこして指先がうまく動かせないから、僕はあんまり好きじゃない。

冬は自分の部屋に籠もるに限る。コタツにもぐって好きな映画のＤＶＤを観ながら、温かいものを食べるのだ。正に至福の一時だ。

その時、向こうに宮里真希の姿が見えた。

赤いコートを着て、寒空の下、テーブルを囲むようベンチに座り、三人の男と話をしている。ぜんぜん知らない連中だった。どういう関係なのだろうか気になったけど、それだけだった。僕には関係のないことだ。

僕は顔をそむけ、歩き出した。

と、誰かの強烈な視線を感じた。今、僕が見ていた方からだった。最初は気にせず歩いていたんだけど、それがあまりにも長く続くから、僕は再びそちらを向いてしまった。

宮里真希と、三人の男、総勢四人が、みな一斉に僕の方を見ていた。

異様な光景だった。いつもだったら宮里真希は僕の姿を認めると、駆け寄ってきて親しげに話しかけてくる。僕が友達といようと一人だろうと、おかまいなしにだ。

それなのに、今はまるで僕のことを天然記念物みたいに見ている。

今日は彼女の方に連れがいるからだろうか？　いや、そんなのはなんの説明にもなっていない。どうしてあの連れの男たちまで僕のことを物珍しそうに見るのだろう。

思わず僕は不機嫌な顔つきになった。じろじろ見られていい気分はしない。しかし、呆れたことに彼らは僕の顔を見るのを止めようとしないのだ。

どうしてだ？　どうしてそんな目で僕を見る？　僕がエラリー・クイーンの孫だからか？　みんなで噂して、あざ笑って、楽しんでるのか？

被害妄想が頭の中でぐるぐると渦巻き、気がつくと僕は彼らの方につかつかと歩み寄った。僕が近づくと、男たちはにやにやと笑いながら顔を逸らした。宮里真希だけが、僕の顔を真っ直ぐに見ていた。

開口一番、僕は言った。

「なんです？　さっきから人の顔をじろじろと見て」

宮里真希は微笑んだ。

「そんなに怒らないで、あなたは私たちの中ではヒーローなんだから」

私たち？　誰だ？　地球平面委員会のことか？　ということはこの三人の男は地球平面委員会のメンバーなのか。メンバーはあの時点で、宮里真希を含めて三人しかいなかったはずだ。あの団田正樹に、福島古太という奴もいた。更にメンバーが増えたのだろうか。

いずれにしても、僕にとってそんなことはどうでもいいことだ。

「ヒーローって、どういう意味ですか？」

しかし彼女は僕のその質問には答えなかった。

「私たちは、まだあなたを諦めてはいないのよ。ただ、時期が来るのを待っていただけ」

「時期？」

「私の口から言うのは簡単だけど、言葉であなたに説明しても、そんなもの、大した説得力はもたない。あなたが自分で気付かなければ駄目なの」

「そうやって、訳の分からないことを言うのは、もう止めてもらえませんか？」

「訳の分からないことなんかじゃない。地球が平らなことにも、私たちがあなたを必要としていることにも、すべて意味がある。その理由に気付いた時、あなたはきっと地球平面委員会に入るよ。そして大いなる運命の意思を、信じざるを得なくなる」

「――馬鹿げてる」

そう呟きながらも、僕はあることを考えていた。

笠木のことを。

あの最後の日、笠木は僕に言ったのだ。天啓がひらめいた。それに従えば、地球平面委員会の連中がなにを考えて行動しているのか、説明がつくと。火事も、金庫が破られたという事件も、なにもかも。

——彼女が言っていることは、そのことか？

「笠木は、それに気付いたんですか？」

宮里真希は、その僕の質問に、あくまでも微笑みは崩さず、黙したまま答えようとしない。

「気付いたから、あんたたちが殺したんですか？」

答えない。

「——もう、いい」

埒《らち》があかない。

こんな連中無視して帰ろうと、僕は背中を向けた。

その時、背後から、宮里真希が声をかけてきた。

「あなた、佐久間愛さんのこと、どう思っているの？」

僕は無言で振り返った。

そしてそのまま質問に答えようとはしなかった。ただ、いったいどういうつもりで宮里真希がそんな質問をするのか、その真意が汲《く》み取れなかったからだ。

「佐久間愛さんが、もし悪者につかまったら、あなた彼女を助けるために、悪者と戦う？　その勇気はある？」

知るか、
と声に出さずに呟いた。
僕は数秒、宮里真希を見つめ、そして再び背中を向けた。
もう彼女は僕を呼び止めようとはしなかった。

僕はそのまま真っ直ぐ部屋に帰った。

暖かいコタツにもぐり、コンビニで買ったシチューとハヤシライスとパンを食べながら『スターシップ・トゥルーパーズ』のＤＶＤを観賞した。でも、至福の行為だったはずのそれらも、頭の中に現れては消える宮里真希の言葉のせいで、充分に楽しめるものにはならなかった。

事件が起こったのは——いや、発覚したのは、翌日の朝だった。


いつものように目覚め、顔を洗い、昨日コンビニで買ってきた食料の残りを朝食代わりに食べながら、なにげなくテレビをつけた。ニュースを見るためにだ。全国ネットではなく、地方局のローカルニュースだった。

テレビをつけた途端、画面に現れたのは、どこかで見たことのある風景だった。

画面の上に出ている中継先のテロップでそれがどこだか気付いた。町内の一角だ。ただ滅多に行かない場所だからすぐ思い出せなかった。田中先輩に連れられて、笠木と一緒に車でドライブした時に、通りかかった場所のような気がする。

その町が、今やテレビ画面の中では光り輝いていた。比喩《ひゆ》ではない。本当にそうだったのだ。

氷のせいだった。

氷が朝の光を反射して、キラキラと輝いていたのだ。

それも一部分だけではない。氷は道の向こうまで延々続いている。つまり少なくとも、テレビ画面に映る範囲の町全体が凍りついていたのだ。

車も、道も、木々も、商店のシャッターも、霜《しも》で凍っていた。

テレビカメラが下を向くと、氷の塊のような物体があちらこちらにできていた。酒屋で売っているロックアイスみたいな氷の塊の一つ一つが、道にへばりついていたのだ。

いったいどうしたんだ？　なにがあったんだ？　どうすればこんなふうに町が氷で包まれる？　雪か雹《ひょう》でも降ったのだろうか。しかしいずれにせよ、それでこんなことにはならないだろう。前代未聞の珍事だ。

若い女子アナが、転ばないように慎重に氷の道の上を歩き、近隣住民に話を聞いている。

『朝、起きて目ぇ覚めたらこんなになってたんです。もぉー、私びっくりしちゃって』

と中年女性がいささかオーバーリアクション気味に語っている。

驚くのも無理はないなと僕は思った。見慣れた街が、ある朝突然、氷の国になる、驚かない自信は僕にはとてもない。

アナウンサーは、興奮した様子で、よせばいいのに喋りながら辺りを恐る恐る歩いている。

『この氷で転んで、怪我をする人が続出しています。近隣の方々はくれぐれも外出はお気をつけて――あっ、いや、きゃあっ！』

そらみろ、言わんこっちゃない。

女子アナはマイクを持ったまま派手に転倒した。きっとこの映像は季節の変わり目には必ず放送するNG大賞に幾度となく使われるだろう。転んだアナウンサーはお気の毒だ。

僕は暫くニュースを見続けた。どうやらこれは自然現象などではなく、悪質な悪戯である可能性が高いようだ。

誰かが夜の内に、町全体に水を撒いたのだ。

道から生えている氷の塊から考えると、水ばかりではなく、氷もばらまいた可能性もある。家庭の冷蔵庫で作れる氷や、売っている氷をそれこそありったけ。

この現象が人為的なものであるという証拠が、一つだけあった。

町のほとんどの下水口に薄っぺらい木の板が置かれていたのだ。それらはすっかり霜で下水口に張り付いてしまった。以前は、そんなものはなかったのだ。つまり犯人が水はけを著しく悪くするためにそんな工作をしたとしか考えられなかった。

町に撒かれた水や氷は、下水に流れ込むこともなく町に溜まり――夜の寒さで凍りつく。

だが、二つの謎があった。

一つは当然、なぜ犯人はそんなことをしたのだろうかという疑問だ。

そしてもう一つは、これはどう考えたって一人や二人ではできない犯行だということだ。いや五人でも、六人でも、ひょっとしたら十人でも二十人でも無理だろう。

現場は、小さな町の、更に北の端っこだ。しかしそれでも、氷に包まれた地帯は約一キロ四方に及んでいるのだ。それだけの広さの場所に、一つ一つ下水口に板を引き、水と氷を撒くだけでも、いったいどれだけの人手が必要なのだろう。

想像もつかなかった。

水は蛇口をひねればいくらでも出てくるし、氷だって時間をかければいくらでも作れる。酒屋に行って氷を買い占めてもいい。だけどそれを持ち運びし、効率よく町に撒くのは相当の下準備が必要だろう。犯行グループは、五十人？　それとも百人？

大勢の人間が犯行に係わったとしても、元々人口の少ない田舎町の、しかも深夜のことだから目撃者も出なかったのだろうか。一歩町から離れれば畑が広がっているぐらいだ。都会とは違う。きっと犯人グループはそこまでも計算して犯行に及んだのだろう――。

犯人グループ。

僕の頭の中では真っ先に地球平面委員会が浮かんだ。

昨日、宮里真希は三人の男と話をしていた。彼らも地球平面委員会のメンバーなのだという。その時は、新たなメンバーが入ったのだろうな、ぐらいにしか考えていなかったけれど、僕は重要なことを忘れていたのだ。

笠木も指摘したことだ。

宮里真希は、初めて会った時、僕らに言ったのだ。この大学には三人しかメンバーがいないけど、ネット会員は全国に百人ぐらいいると――。

百人だ。

それを全員総動員すれば、今回の事件を起こすことは決して難しくはないのではないだろうか？

勿論、証拠はない。単なる僕の、彼らに対する偏見みたいなものだ。

だけど、知ったことじゃない。

彼らは散々怪しげな素振りを僕の前でしてきたじゃないか。積極的に宮里真希に対して、あんたたちが犯人だろうと詰め寄るつもりは毛頭ない。だけど、僕が彼らを疑ったって誰にも責められる筋合いはない。

笠木のこともある。

彼は地球平面委員会への疑惑を僕らに対して口にした翌日に、あんなふうな死に方をしたのだから。

もしこの事件が地球平面委員会の仕業だとしたら、過去に起こった一連の事件になにか関係はあるのだろうか？

笠木があの時言っていた法則に、この事件も関連しているのだろうか？　倉庫の火事や、金庫破りの噂、そして宮里真希が僕に固執する理由、それら諸々が地球平面論にどう関係するというのだろう？

考えても考えても、僕には分からなかった。

笠木には突然舞い降りた天啓が僕にはやってこなかった。

僕は立ち上がった。

大学に出かけるため、身支度を始めた。

宮里真希に教えを乞う他ない。土下座して頼めば、彼女だって鬼じゃない、きっとなんらかのヒントをくれるだろう。


宮里真希は昨日と同じベンチに座っていた。しかし、今日は一人だった。ぼんやりと晴れた寒空を見つめていた。近づいて行く僕に気付くと、彼女はにっこりと微笑んだ。

「今日は一人なんですね。昨日いた人たちは?」

彼女は微笑を崩さずに、帰ったわ、と短く言った。

僕は彼女の隣に座った。

「町の北の辺りが大変な騒ぎになっているみたいですね」

「ええ、そうみたいね」

まるで僕には彼女のその言葉が、嘯《うそぶ》いているように聞こえてならなかった。

「どう思います? 誰かが夜のうちに町の一キロ四方の部分に水や氷を撒いたんだ。それらは夜の内に凍りついた」

「誰かって、誰？　私？」

「——誰もそんなことは言っていません」

宮里真希は得意げに話を続ける。

「いい？　一キロ四方もの地域よ。そこ全体に水を撒くとなったら、大変な労力がいるはずよ。一人でできると思う？」

「誰かっていうのは、比喩です。僕は一人でやったなんて言っていません」

「一人じゃない？　じゃあ何人？」

「さあね。でも百人ぐらいの人数を集めれば、短時間の内に作業を終えるのは不可能ではないでしょうね」

宮里真紀はこちらに顔を近づけてきた。僕を誘惑する時のお得意のポーズだ。今日は彼女が厚着をしていたのが幸いだった。

「百人？　どうしてそんな具体的な人数を言うの？」

僕は黙っていた。

「確かに、地球平面委員会のネット会員が全国に百人ほどいるわ。私たちがメンバーをすべて動員して、あれをやったと？」

「百人という数を出したのは、単なる偶然です。意味はない」

本当はわざと言ったのだけど。

「嘘ね」

「どうしてそう思うんです？」

「あなたは、私を疑っている。目を見れば分かるよ。隠し事ができない人ね。いい？あなたはこう考えているんでしょう？　昨日、私と一緒にいた人たち。あれはプロジェクト・メイヘムのために私が呼び寄せた。あの時、私たちは計画の打ち合わせをしていた。他の仲間たちは、この町中のホテルに分かれて泊まっていた。そして私たちは町の北の地区を氷づけにする計画を実行に移した――。その計画が滞りなく終了したから、彼らは帰っていった、そうあなたは考えているんでしょう？」

図星だった。

「だけど、どこにも証拠はないね」

その通りだった。

「――教えてくれ」

僕はそう呟くように言った。

「笠木はなにに気付いたんだ？」

「そんなの、知らないわよ。いい？　昨日も言ったけど、もう一度言うよ。すべてに意味がある。それにあなたが気付かなければ駄目なのよ」

気付かなければ駄目だって？

「あなたならできるはずよ。だってあのエラリー・クイーンの孫なんだから」

そんなことができるはずがない。祖父は祖父で、僕は僕だ。推理力が遺伝するなんてそんなことがあるのだろうか。多分ないのだ。だから僕は、この体たらくだ。

僕は勇気を振り絞って、言った。何事にも駆け引きが必要なのだ。

「もし、僕が、あなたに付き合って欲しいと言ったら？」

宮里真希の顔が、急に真顔になった。

「本当？」

彼女はこう言ったのだ。

地球が平らなことにも、地球平面委員会が僕を必要としていることにも、すべて意味があると。その意味を知ったら、きっと僕は地球平面委員会に入らざるを得なくなると——。

つまり僕は、その意味を知りたければ自分で見つけ出さなければならないのだ。ただしそれは、僕が地球平面委員会に入る気がこれっぽっちもない場合だ。地球平面委員会には入らない、だけど意味だけ教えてくれ――そんな虫のいい要求は却下されてしまうということか。

「もし僕があなたと付き合ったら、地球平面委員会の秘密を教えてくれますか？」

宮里真希は間近で僕のことをじっと見つめた。胸元が見えなくても、僕はどぎまぎしてしまった。

「あなた、本当にそう思っている？」

ぎくりとした。

「適当に、そういう素振りを見せようとしているだけなんじゃないの？　私から話を聞き出すだけ聞き出して、それでさよならしようっていう魂胆じゃないでしょうね」

そんなことはないです、とは言えなかった。

「本当に、地球平面委員会に入る気があるの？　迷いがあるのだったら、私の口からは教えないよ」

「――どうしてですか？」

「だから何度も言っているでしょう。あなたが自分で気付かなくちゃ駄目なのよ。僅かな疑惑が胸に込み上げて、そこから一気に糸をほぐすように謎が解けてく――その快感を知ったら、きっとあなたも私たちのことを理解してくれるようになる」

「それで、自ら進んで地球平面委員会に入るようになると？」

「そうよ。私が自分の口であなたに説明したって、なにを馬鹿なことを言ってるんだって一蹴《いっしゅう》されるだけだよ。今の段階ではね」

宮里真希は、すべてお見通しだった。

僕がまだ地球平面委員会に対して大きな疑惑を抱いていることに、気付いているのだ。黙して語らない僕を見ながら、彼女はある提案を出した。

「じゃあ、こうしましょう。講義が終わったら、あなたと二人っきりになれる場所に行きましょう。そこで私があなたが本気で委員会に入る気があるのかどうか、テストしてあげる」


僕は宮里真希と二人で、僕のアパートの部屋の前にいた。

金も時間もかからず、手っ取り早く二人っきりになれる場所といったらここしかなかった。

正直言って、あまり望ましい選択ではなかった。このアパートの親しい住人は、皆同じ大学の学生なのだ。彼らに目撃されたら後々面倒なことになるのではないか――。

「あ、大三郎」

そら来た。

声のした方に振り向くと、田中先輩がいた。

「こーんにちは」

と宮里真希はおどけた口調で田中先輩に言った。

「こ、こんにちは」

と田中先輩はおどおどしながら言った。いったいなにをあんたが緊張してるんだ？

田中先輩は足早に僕たちの隣を通り過ぎて、自分の部屋に消えていった。その間、何度も僕らのことを振り返った。

僕は小さくため息をついた。どうやら田中先輩に誤解されたようだ。これは後で説明が面倒だろう。

「ん？　どうしたの？　大三郎・クイーン君」

フルネームで呼ぶのは止めてください、とお決まりの台詞を言う気力もない。

鍵を外し、ドアを開けた。さあ、どうぞ、と力なく言って、宮里真希を部屋に招き入れた。

彼女はコートを脱ぎながら、物珍しそうに周囲を見渡した。

「男の一人暮らしにしては、綺麗に片付いている方かな、うん」

「適当にそこらへんに座っててください。お茶でも淹《い》れますから」

「ありがと」

宮里真希は、パイプベッドに腰掛けた。スプリングがきしんで、音を発てた。

マグカップを洗いながら、僕は訳の分からない気持ちに襲われていた。宮里真希に、素直に好感を抱いていないのは確かだ。だけど僕が今まで何度も彼女に誘惑されて、それに負けそうになったことはそれ以上に確かなのだ。

彼女をこの部屋に呼んだのはやはり間違いだったのかもしれない。

そんなことを考えた。

「テレビつけていい？　あ、ＤＶＤあるの？　なんかソフトある？　観てもいい？」

僕の心の揺らぎなどお構いなしに、彼女は一人で喋っている。

「昨日観てた『スターシップ・トゥルーパーズ』が入ったままになってるから、それで良かったらどうぞ」

虫の化け物がいっぱい出てくる映画だから、宮里真希は気味悪がるかもしれない。虫が兵隊を殺しまくるシーンには気分が悪くなるかもしれない。それで帰ってくれれば御の字だ、そう思ったけど、それは甘い考えだった。

コーヒーを持っていくと、宮里真希は食い入るように画面を見つめ大笑いしていた。

ＤＶＤは再生ボタンを押すと、前回停止ボタンを押した場面から自動的に始まるようになっているので、昨日僕が見ていた戦闘シーンから映像が始まっているのだろう。

宮里真希はけらけら笑いながら、兵隊の首がちょん切れてくるくる回りながら下に落ちるシーンをリプレイして何回も観ていた。

しばらく二人で無言のままコーヒーを飲んだ。

部屋の中には、ブラウン管から聞こえてくる兵士たちの阿鼻叫喚《あびきょうかん》だけが響いていた。

僕が口数少ないから、宮里真希も黙ってしまったのだ。正直、気まずかった。

いったい、彼女はなにを考えているのだろう。テストって、いったいなにをするのだろう。

と、突然、宮里真希は立ち上がった。

カーテンを閉めて、リモコンのミュートボタンを押してＤＶＤの音声を消した。人の部屋で、勝手になにをやってるんだ。

「なに、するんです？」

宮里真希は、悪戯っ子のように笑って、人差し指を立てて自分の口元に持っていった。

そして、蛍光灯のスイッチを消した。部屋を照らすものは、テレビ画面と、カーテン越しに差し込む夕焼けしかなくなった。

「今ごろ、あの氷は溶けてるかな」

そうぽつりと呟いた。

「あんなに苦労したのに、たった一日しか、あの場所は再現できなかった」

僕は息を吞んだ。

「やっぱり、あんたたちがやったのか？」

「黙って」

と再び口元に指先をやった。

僕も立ち上がった。

動揺を悟られないように、声の震えを押し殺して、言った。

「どういうつもりです？」

宮里真希はなにも答えなかった。ただ夕日だけに照らされた彼女の表情が、すべてを物語っていた。

彼女は僕の方に近づいた。僕は後ずさった。向こうは前進、こっちは後退、その繰り返し。僕はすぐにベッドまで追い詰められた。

行き場をなくした僕は、ベッドに座り込んだ。宮里真希を見上げた。彼女は僕をしばらく見下ろして、不敵にあざ笑うのだろうと思った。

だけど違った。彼女は止まらなかった。そのまま僕の体の上に覆い被さってきたのだ。

「止めろ！」

僕は叫んだ。だけど彼女は止めてくれそうにはなかった。

宮里真希は僕を思いっ切り抱きしめた。顔いっぱいに柔らかな彼女の胸の感触が広がった。意識が遠のいた。

「大三郎くん――」

宮里真希は鼻にかかった声を出した。初めて彼女は僕をフルネームで呼ばなかった。

そのことで僕は我に返った。

僕の背中に回された腕の力が緩んだ。僕は身をよじらせて、彼女の胸元から逃げ出した。

でも目の前には彼女の顔があった。今まで何度も彼女は僕に顔を近づけるポーズをしたけど、こんなに間近で彼女の顔を見たのは初めてだった。

その次の瞬間、宮里真希は僕に唇を重ねてきた。

口いっぱいに、彼女の柔らかな唇の感触が広がった。意識が沸騰した。口の中に彼女の舌がもぐり込んできた。僕の歯を、彼女の舌が舐《な》め回す。舌が舌をすくい取る。

ふとその時、なぜだか、頭の中に佐久間愛の姿が浮かんだ。

沸騰した意識は、脳天を突き破った。

「止めろッ！」

僕は大声で叫んで、彼女を突き飛ばした。

宮里真希は、ベッドの下に頭から落ちた。後頭部がぶつかる嫌な音がした。

「いったあい――」

頭をさすりながら、宮里真希は起き上がってきた。

気の弱いいつもの僕なら、ゴメンナサイと即座に謝ってしまうところだけど、そんな余裕はなかった。

恐らく僕とは正反対に気が強いであろう宮里真希なら、僕のことを睨みつけるだろうと思った。

でも、違った。

宮里真希は目にいっぱい涙をためて僕のことを見た。哀れみを乞うかのような表情だった。彼女のそんな顔など、僕は今まで一度も見たことがなかった。

「――ごめんなさい」

消え入るような声で彼女は言った。

「いきなり変なことして、ごめんなさい。だけど、信じて。私、あなたのことが好きなの。あなたのことを考えると、胸がしめつけられて夜も眠れない。平面委員会のことなんて、どうでもいい。お願い、私と付き合って」

騙されるな。

そう心の声が囁いていた。

急にしおらしくなったって、もうごまかされない。これは演技に決まってる。そうに違いない。これはぼくを地球平面委員会に誘い込むための、罠なんだ。

僕は首を横に振った。

「いやです」

そう小さな声で、しかしはっきりとした口調で言った。

宮里真希の瞳から、涙が一筋零れ落ちた。彼女はうつむき、僕から顔を逸らし、涙を拭っていた。これが演技だったら、彼女は女優を目指すべきだ。

ひょっとして——。

不安な気持ちが心に湧き上がる。

本当に、彼女は僕のことが好きだったとか？　地球平面委員会に入らないかとしつこく誘ったのは、照れ隠しのための、一種のカモフラージュ？

まさか、そんな。

でも——。

宮里真希は立ち上がった。

「ごめんなさい」

泣きながら、彼女はそう言った。

待って、と言おうとした、だけど口が動かなかった。

「さよなら」

宮里真希は背中を向け、僕の前から去って行った。ブーツを履き、外に出て行った。

ドアは閉められた。外の世界と切り離された部屋で一人っきりになった。世界中で一人っきりになった気分だった。

それから僕はずっと、そのままベッドに寝転がっていた。

蛍光灯は消したまま、マグカップには冷めたコーヒーが残ったまま。

『スターシップ・トゥルーパーズ』のＤＶＤはエンドロールがとうに終わって、一番最初のメニュー画面に戻っていた。

なにをする気にもなれなかった。

宮里真希のことばかり考えていた。

彼女は本当に僕のことが好きだったのだろうか？　でもいったいなぜ？　僕が彼女に好かれるどういう理由がある？　好きになるのに理由はいらないとも言える、でも釈然としない。

最初は地球平面委員会に僕を入れたくて、ただそれだけのために僕に付きまとった。そうして親しくなるうちに、本当に僕のことが好きになった？

分からなかった。

宮里真希がなにを考えているのか、そしてなにがしたいのか、いったい誰のことが好きなのか、分からなかった。

泣きたくなった。

夕日は沈み、電灯がついていない部屋はどんどん闇に沈んで行く。その闇と一緒に、僕も消えてなくなりたい。

その時、携帯が鳴った。メールが入ったのだ。

宮里真希からだった。

『さっきは本当にごめんなさい。乱暴なことをしてあなたを傷つけたのなら、謝ります。

だからお詫《わ》びのしるしに、今度はあなたを私の部屋に招待したいと思います。

勿論、来るか来ないかはあなたの自由です。

私の顔なんか二度と見たくないというのなら、このメールは無視してくださって結構です。

でも、ほんの少しだけでも、あなたの心の中に私を許してくれる気持ちがあるのならば、この申し出を検討してください。

私は、もう待てません。

私があなたを思う気持ちに、あなたが気付いてくれることを。

私の部屋に来れば、きっと、あなたも気付いてくれると思います』

そのメールを読みながら、僕は立ち上がり、部屋の電灯をオンにして、つけっぱなしにしていたテレビを消した。

それから、檻《おり》の中の動物みたいに、部屋の中をうろうろと歩き回った。

このメールをどう解釈すればいい？　文字通り受け取っていいのか？　彼女は僕のことが好きで、それで僕を部屋に招待しようとしているのか？

本当に、ただそれだけ？

考え過ぎだろうか。彼女が見せたあの涙を思い出せば、彼女が、これ以上僕を何らかのたくらみに巻き込もうとする可能性は薄いのではないだろうか。

なにせ彼女から携帯にメールをもらったのは初めてのことだ。きっと特別な——。

その時、ふと、当たり前過ぎる疑問が浮かんで、僕は思わず歩くのを止めた。

どうして、宮里真希が、僕の携帯のメールアドレスを知っている?

彼女が知っているのは、僕の大学でのアドレスだけだ。課題でホームページを作らされたからだ。それを見れば、誰でも大学のアドレスにコンタクトをとることはできる。だけど、自分のホームページに携帯の電話番号を載せる奴なんていやしない。携帯のメールアドレスは、大抵の人間が携帯を持ってすぐに変更するけど、そのアドレスを載せる奴だっていないだろう。住所や電話番号など、自分の重要な個人情報は決してネットに流さないことが鉄則だ。

なのに、どうして宮里真希がこの携帯にメールを送ることができた?

僕は彼女に、携帯の番号もメールアドレスも教えていない。あんなにしつこく僕を地球平面委員会に誘ってきたのだ。うっかりそんなことを教えたら、四六時中勧誘の電話をかけてくるのは目に見えている。

佐久間愛や笠木など、親しい友達には当然携帯の番号を教えている。だけど彼らは僕のそういう事情をよく知っている。だから彼らが宮里真希に僕の個人情報を教えるということはまず考えられない。そんな薄情な奴はいないだろう。

なのに、なぜ？

——まさか。

考えても考えても、結論は一つしか出なかった。

笠木だ。

当然、彼の携帯のメモリには、僕の携帯の番号とメールアドレスが記憶されている、いや、記録されていた。

彼の携帯はどうなったのだろう。大抵肌身離さず持っているはずだから、死体と一緒に発見されたのだろうか。分からないけど、殺した相手の携帯のデータを見るくらい、簡単な行為だ。

まさか。

考えれば考えるほど、思考は底なしの沼の中に沈んで行く。

笠木は、携帯電話のために殺されたのか？　僕の電話番号とメールアドレスを知るために。

馬鹿な——。

ふと頭に浮かんだ異様な想像を振り払う。

そんなことを考えるのは止めろ。自分自身に言い聞かす。僕のせいで笠木が殺されただなんて、そんなのは駄目だ。そんなのは、決して認めない。

15

とにかく、その携帯に入ってきた宮里真希のメールで、僕は彼女のアドレスをも知ることができた。そのアドレスも携帯のだった。

お互い口を利くとまた話がこじれるだろうから、メールでのやり取りに徹した。何回かメールをやり取りしたが、決まったのは簡単なことだ。

来週の木曜日の夕方、僕が宮里真希の家に行くこと。

今期の木曜日、僕は講義を入れていなかったから一日中フリーだ。そのこと自体は構わないのだけど、例によって彼女は妙な条件をつけた。

必ず一人で来ること。そして前もって家の場所を教えるから、探して来ること。

初めて行こうとする場所だ、常識的に考えて、案内ぐらいしてくれたっていいじゃないかと思う。

しかし宮里真希は常識で測れる女ではないことを思い出した。

また宮里真希と二人っきりになれる予感に、胸をときめかす訳には勿論いかない。なにか、あるに決まっている。そうでなかったら、なぜ一人で家を探して来いだなんて、妙な条件をつけるのだ。

私の部屋に来れば、きっと、あなたも気付いてくれると思います

最初に届けられたメールの末尾にはそうあった。いったい、何のことだ？　彼女の部屋に何があるというんだ？

とにかく、宮里真希は僕を自分の部屋に呼び出して、なにかをするつもりだ。今度も、抱きつかれてキスされるだけで済むだろうとは決して言い切れない。

笠木のことが頭に浮かんだ。

僕も、笠木の二の舞になってしまうのではないだろうか——。

不安だった。心配のし過ぎかもしれないけど、地球平面委員会なんていう組織に係わってから、周りに起こるのは異常なことばかりだ。

僕は、その地球平面委員会の委員長の家に行こうとしているのだ。たたで済むと考えるのはあまりにも楽観的だ。

——どうしたら、いい？

とりあえず今できる最善と思われる方法は、もし僕が宮里真希の自宅から帰ってこないなんていう事態になったら、警察に通報してくれと誰かに頼むことだろう。

もっともその時すでに、僕は殺されていて死体はコンクリートで塗り固められている真っ最中だったら、元も子もないけど。

でも、なにもしないよりましだ。

「なに？　相談って」

いつもの学食のいつもの窓際の席で、いつもと同じように、僕は佐久間愛と向き合っていた。彼女はいつもと同じようにカレーライスを食べている。

いつもの日常。だけどこれが今後卒業するまでずっと続くとは限らないのだ。

「どうしたの？　なにか心配ごとでもあるの？」

いつになく深刻な僕の表情を見て取ったのか、彼女は不安げな顔で問いかけてくる。

僕は呼吸を整えて、言った。

「よく聞いてくれ。僕の命がかかってるかもしれないんだ」

佐久間愛の表情が青ざめる。

　普通の時にこんなことを言ったら白い目で見られるかもしれないけど、笠木が殺されてその犯人がまだ捕まっていない今では、殺す殺されるの話は決して冗談事ではなかった。

「宮里真希の自宅に誘われたんだ。あの地球平面委員会の委員長の自宅にだぞ。なぜだかはよく分からない。なにか見せたいものがあるっていうニュアンスだった」

　佐久間愛はスプーンを持つ手を動かさずに、じっと僕の話を聞いている。

「ここだけの話。笠木を殺したのは地球平面委員会の連中じゃないかなって、僕は思っている」

「私だって、思ってるよ」

「ああ。でも、想像だ。証拠なんかなに一つない。だけど、不信な感情を相手に対して抱くのは、決して理屈じゃない」

　分かる、と彼女は頷く。そして、

「そんなに不安だったら、行かなければいいのに。私だったら、絶対に行かないな」

　と言った。その気持ちも、僕は充分分かった。

「でも、宮里真希は、こうメールしてきたんだ。私の部屋に来れば、きっと、あなたも気付いてくれると思います。多分、僕をしつこく平面委員会に勧誘してきた理由を言ってるんじゃないかな」

「あの人の部屋に、大三郎君をどうしても委員会に入れたい理由があるというの？　そういうことを、相手は言ってるの？」

「ああ」

「そんなの、知らなきゃ駄目なの？」

その佐久間愛の声は、まるで僕を彼女の部屋に行かせまいとしているように聞こえた。

「笠木が最後に言ったことを覚えているか？　天啓がひらめいたって。地球平面委員会にまつわるさまざまな出来事を、いっぺんに説明できる論理を思いついたって」

「忘れられるはずがないよ」

僕は身を乗り出し、彼女に顔を近づけた。

「それを知りたいとは思わないか？」

佐久間愛はしばらく無言だった。やがておもむろに口を開いた。

「なぜあの人たちが大三郎君を執拗《しつよう》に平面委員会に誘うのか——その理由が分かれば、そのほかの出来事の訳も、すべて芋づる式に解けるって言うの？」

僕は頷いた。

「分かった。私も、その理由知りたいし。それで、私はどうしたらいいの？」

周囲をうかがいながら、小声で言った。どこかに地球平面委員会のスパイがいないとも限らない。

「彼女の家に行くのは来週の木曜日だ。時間は夕方の五時。早々に切り上げて帰ってくるつもりだ。そしたら報告のために君の携帯に電話を入れる。必ずだ。でももし——そうだな、夜の八時までに電話がなかったら、警察に通報して欲しいんだ。後で宮里真希の家の住所をメールしとく。その家の住人を調べてくださいと言うんだ」

佐久間愛はしばらく僕の顔を見て、分かった、と頷いた。

「本気の話なのね。警察に通報までして、冗談だった、じゃ済まされないと思うよ」

「本気だ。遊びや冗談じゃない」

「——分かった」

彼女は再び呟いた。自分自身に決意の表明をしているかのようだった。

「この話は、誰にも秘密だぞ。どっから敵に漏れるか分からないからな」

「分かってる——。でも大三郎君、やっと本気になったね」

「なにが？」

「笠木君の敵をとるつもりなんでしょう？　笠木君を殺した犯人を告発して。お祖父さんのエラリー・クイーンみたいに」

僕は鼻で笑った。

「祖父さんのことなんて関係あるかい。自分のためにやってることだ」

でも、佐久間愛はスプーンを皿の上に置いて、微笑みながら僕のことを見ていた。気恥ずかしくて目を逸らした。からかっているのか、それとも祖父のように犯罪事件の捜査に乗り出したことを頼もしく思っているのか――。

その時、

「よぉ、大三郎」

その能天気な声に、我に返った。

田中先輩だった。焼き魚定食が載ったお盆を持ってこちらにやって来る。

「よぉ、この席いいか？」

こちらの返事を待たずに、彼は僕の隣の席に腰を下ろしてしまった。

これで地球平面委員会の話を佐久間愛とすることはできなくなった。

田中先輩は、調子が良くて能天気で、口が軽い。この人に今僕らがしていた話をする訳にはいかない。

僕らが黙っていると、田中先輩が僕に話しかけてきた。

「なあ、昨日はどうだった？」

「昨日って？　なんのことです？」

田中先輩は、にやにやと満面の笑みを浮かべている。

「ごまかすなよ。あの地球なんとか委員会の委員長を自分の部屋に連れ込んでたくせに」

——！

背筋に気持ちの悪い震えが走った。後ろからふいに刃物で切りつけられた気分だった。いったいあんたはこんな時になんでそんな余計なことを言うんだ！

思わず、佐久間愛の顔を見た。

彼女は呆然とした表情で、僕の顔を見ていた。

違う、誤解だ、なにもしていない、そんな言葉が口から出そうになったけど、驚きで唇が麻痺してなにも言えなかった。

能天気な田中先輩は僕らのことを考えもせずに、一人でべらべらと話している。

「いーよなぁ。あんな変な委員会に入っていても、いい女はいい女だもんな。で、昨日、二人っきりでなにをした？　なにもしてないとは言わせないぞぉ」

佐久間愛は無言で立ち上がった。そして食べかけのカレーライスが載ったお盆を持って、席を去ろうとこちらに背中を向けた。

「待って」

やっとその声が出た。

佐久間愛は振り返った。軽蔑しきった冷たい目をしていた。

「なに？」

「違う、誤解なんだ」

「誤解ってなにが？」

「なにがって——」

「どうして、私に気兼ねする必要があるの？　その人と付き合いたかったら、勝手に付き合えばいいじゃない！」

その冷たい目は、今にも涙が溢れそうだった。僕は言葉を発する気力をなくしてしまった。

「遊びや冗談じゃないとか言っていたけど、嘘だったのね。警察に連絡しろだなんて、私をからかってるだけじゃない！」

「——違う」

なにもやましいことはない。事実をありのまま彼女に話せばいい。そう心では思っていた。でも、口が動かなかった。

「好きにして」

そう捨て台詞を言い残して、

「どうせ私はいい女じゃないし」

佐久間愛は去って行った。

後に残されたのは、茫然自失《ぼうぜんじしつ》の僕と、〝やってしまった〟という顔をした田中先輩。

田中先輩が恐る恐る口を開いた。

「なあ、俺——なんかまずいこと言ったか？」

僕はその声で田中先輩の方を見た。

「そんなに怖い顔するなよ、俺が悪かったからさ」

そんなつもりはなかったけど、多分彼のことを睨みつけているのだろう。

「馬鹿！」

僕は田中先輩にそう叫んだ。そして彼の顔を見ずに、立ち上がった。振り返らずに、佐久間愛と同じようにそこから立ち去った。

いつかのように、走ればすぐに彼女に追いつくだろう。でも、僕は走らなかった。そんな気力はもうなかった。

ただ、いろんなことを考えていた。

どうして、佐久間愛はあんなことで怒ったのだろう。だって僕は彼女と付き合っている訳でもなんでもないのだ、それなのに——。

どうして、僕は田中先輩に馬鹿なんて言ってしまったのだろう。確かに彼のせいで余計な誤解を佐久間愛にさせてしまった。だけどちゃんと僕が口で説明すればすぐに解けた誤解だったじゃないか、それなのに——。

そして、どうして僕は、あの時、宮里真希を、止めろ！　と叫んで突き飛ばしてしまったのだろう。こんなことになるんだったら、なにもやってもいないのに、なにかをやったふうに思われるんだったら、あのまま宮里真希にされるがままになっていればよかった。

僕はいったい、どうしたいんだ？

自嘲した。

なにが名探偵エラリー・クイーンの孫だ。

自分で自分の気持ちも分からないくせに、難事件を解決できる訳がない。

16

木曜日。

午後五時二分前。

宮里真希の家は、小田急線の厚木駅で降りて、十五分ほど歩いた場所にあった。実家から通うのに、大学までの交通の便は悪くない。

教えられた住所のメモを片手にうろうろしたけど、見つからず、結局交番で道を訊ねた。人を呼び出しておいて案内もしないなんて、本当に不親切だ。

——きっとなにかあるんだ。宮里真希が僕を駅に迎えに来ない理由が。最近僕はなんでも疑ってかかるようになってしまった。

あれから佐久間愛と話をしていない。一応、宮里真希の住所をメールした。あの約束、反故《ほご》にしないでね、と一文付け加えるのも忘れなかった。

だけど彼女が、もし僕が夜の八時までに電話することができなくなったとしても、あの時学食で彼女に頼んだ通りの行動を起こしてくれるのかどうか、定かではなかった。

今はもう、信じるしかない。

住宅街の中にある一際目を引く邸宅が、宮里真希の家だった。門が開いていたので、勝手に敷地内へと入った。広い庭と、広そうなガレージと、鯉が泳いでいる池があった。ドラえもんに出てくるスネ夫が住んでそうな家だった。

玄関の、インターホンを押してしばらく待った。

『はい？』

聞こえてきたのは、宮里真希のものではない女性の声だった。

「あの、真希さんと約束している者ですけど」

『はいはい、少々お待ちくださいね』

宮里真希から聞いているのだろう。すべてを心得ているふうに彼女は言った。自分の名前を名乗らなくて良かった、と僕は思ってしまう。

果たして宮里真希は彼女に僕の名前を教えたのだろうか？

しばらく待っていると、玄関のドアが開き、小太りの中年女性が顔を出した。

「いらっしゃい。真希のお友達ね。あの子からお話は聞いていています」

満面の笑みでそう言った。どうやら宮里真希の母親らしい。あんまり似てない。普通のおばちゃんという感じだ。

壁にかけられた訳の分からない抽象画のリトグラフが僕を迎えてくれた。

おじゃましますと言ってから、玄関で靴を脱ぎ、スリッパに履き替えた。フローリングの床はつるつるに光って、蛍光灯の光を反射している。

「でも、ごめんなさいね」

「え？」

いったい、なにがだ。

「真希、今ちょっと留守にしてるの。あの子の部屋で待っていてくださらない？　すぐ帰って来ると思うけど——」

ああ、そうなんですか、分かりました、と満面の愛想笑いを浮かべて僕は答えたけど、正直お腹の中では仄《ほの》かな怒りが沸々と沸き上がっていた。

人を呼び出しておいて、留守だとはいったいどういうつもりだ？　初めて来た街を住所だけを頼りに右往左往して、やっと辿り着いたのに。

やはり、来るべきではなかったのだろうか。

そう思うのと同時に、佐久間愛に言った、八時までに電話しなければ警察に連絡してくれ云々は、やはり心配のし過ぎだったかもしれない、そんな考えも去来した。

もし僕を殺すつもりで今日、ここに呼び寄せたのだったら、どうして彼女の母親がここにいるんだ？　親が留守の方が犯行に及びやすいんじゃないか？

まさか——。

この中年女性も、地球平面委員会のメンバーだと？

宮里真希の母親だというのは、本当なのか、それとも、

もう、誰が味方で誰が敵なのか、そんなことすら分からなくなっていた。

そもそも、敵ってなんだ？　僕はいったい誰と戦っているつもりなんだ？

分からなかった。

宮里真希の母親に案内されて、彼女の部屋まで行った。二階の階段を上がってすぐのところに、そのドアはあった。

「中でお待ちになっていてください。今、お茶でも淹れますから」

そう言って、彼女は階段を下りて行った。

彼女の姿が完全に視界から消えたのを確認して、僕はゆっくりドアノブに触れた。

だけど、僕は躊躇《ちゅうちょ》した。

この部屋の中に、笠木が気付いた答えがあるというのだろうか？　壁一面に答えが書いてある垂れ幕でも貼ってあるのか？

でもそれじゃ駄目だろう。宮里真希は僕が自分で気付かなければ駄目、と散々しつこく言っていたじゃないか。

小さく息を吐いた。恐る恐るドアノブを回した。

大丈夫。ここは普通の家だ。さっき応対してくれた女性も、普通の主婦という感じだ。きっとこの部屋の中も普通だろう。答えがこの部屋の中にあるだなんて、きっと宮里真希流のはったりに違いない。

僕は、そっとドアを開けた。

少しずつ、薄暗い部屋の中が見えてくる。

人の気配はない。

変わった様子もない。

本当に、普通の部屋だった。

僕は半分拍子抜けしながら、部屋の中に足を踏み入れた。

いったいなんだというのだろう、こんななんの変哲もない自分の部屋に呼び寄せるだけで、宮里真希はあんなに勿体《もったい》をつけて。それに振り回された僕って、いったいなんなんだ。単なる馬鹿じゃないか。

とにかく、僕は部屋の様子をうかがうことにした。

正面の壁には、大きなポスターが貼ってあった。とても有名なものが描かれている。

少し、意外だった。宮里真希にこんな趣味があるなんて思いもしなかったからだ――。

その時。

ふと、デジャヴのような違和感を感じた。

このポスターのモチーフになっているもののことなんて、僕はここのところずっと、思い出しもしなかった。まったく思考の範疇の埒外《らちがい》にあったのだ。にも拘《かかわ》らず、その世界観に、毎日のように親しんでいるかのような錯覚を――。


その瞬間、脳天をハンマーで叩かれたみたいな衝撃を感じた。


目の前に広がった数千ピースの途方もなく巨大なパズル。どこから手をつけていいのかさっぱり分からない。それが地球平面委員会と出会ってからずっと、僕の目の前に広がっていた光景だった。

そのバラバラになったピースが今では。

一瞬の内に組み立てられて、僕の目の前にその模様を晒している。

ジグソーパズルに描かれていたものは。

平面の世界の、地図だった。

僕は部屋の中心に立って、部屋の周囲を見回した。

部屋の中は、なにもかも、そのモチーフで満ちていた。

あの時の、笠木の気持ちが、やっと分かった。

謎が解けたというある種の快感の次にやってくるものは、そんなくだらないことに本気で固執する人種がいるのだという驚愕の思い。

そして宮里真希の狙いも分かった。

僕をこんな気持ちにさせるために、彼女はあえて自分から答えを言わなかったのだ。答えに自ら気付くその一瞬のプロセスが、地球平面委員会に畏怖の気持ちを植え付けるために、絶対に必要だったのだ。

でもいつまで経っても答えに気付く様子のない僕に痺れを切らせた彼女は、僕をこの部屋に呼び寄せた。

この部屋中にあるものを見れば、誰だって答えに気付く。

それは別に、異常なものではない。少し特殊かもしれないけど、普通にあってもおかしくないものだった。そうここはあくまでもありふれた普通の部屋だったのだ。

でも、僕にとっては。

コンクリートで塗り固められた笠木の死体、倉庫の火事、金庫が破られたという噂、一晩の内に凍りついた町、委員会室にあった喋るマネキン人形、スタート・オブ・ザ・ワールドのシール。

そして、平らな地球。

それら諸々が、僕の頭の中で、一瞬の内にあるモチーフへと収束した。

――本当なのだろうか。

こんな馬鹿げたことで？

でも、まだ一つだけ分からないことがあった。

どうして彼らは僕に固執したのだろう？

――とにかく、それは後回しだった。

もうこの部屋にいる理由はなかった。

僕は階段を下りた。早く、あんな部屋から離れたいという気持ちでいっぱいだった。

玄関で靴を履きながら、大きな声で、すいません！　と言った。

慌てた様子で、宮里真希の母親がやって来た。

僕は立ち上がって彼女に向き直った。

「すいません。ちょっと急用を思い出して、失礼します。真希さんには謝っておいてください」

「え——。でも、すぐ帰ってくると思います」

彼女は困惑した表情をした。でも、そんなのに気をとられている余裕はとてもなかった。

挨拶もそこそこに、宮里真希の実家を後にした。厚木の駅まで早足で歩きながら、携帯電話で佐久間愛の番号にかけた。

しばらく呼び出し音は鳴り響いている、なにしてる、出ろ、早く出るんだ！

その想いが通じたのか、佐久間愛は電話に出た。

『——もしもし』

蚊の鳴くような声で、彼女は言った。この間のことをまだ気にしているのだろうか。だけどさっき気付いたこの異常な事実に比べれば、そんなものはまったく些細なことだった。

「今、宮里真希の家に行ってきた」

『八時までに電話するとは言っていたけど、こんなに早く電話してくるとは思いもしなかったよ』

「——もう、状況が変わった」

『え、なに？』

「地球平面委員会は、もう謎の組織じゃなくなったんだよ――」

『どういうこと？』

「どうもこうもないよ、畜生――」

『もしもし？　大三郎君、大丈夫？』

佐久間愛と話が嚙み合わなかった。

でも、それも仕方ない。彼女はあの連中の恐ろしさを知らないから、そんなに悠長に構えていられるんだ。

あいつらは――遊びで、放火や、殺人ができる連中なんだ。

「あいつらにとっては、遊びに過ぎなかったんだ」

そう、笠木も同じことを言っていた。

『――どういうこと？』

「みんな、ゲームだったんだよ！」

そう叫んで僕は沈黙した。その一言で、言いたいことはすべて言い終えた。

でも佐久間愛には、まだ僕がなにを言っているのかが分からない様子だった。

『ねえ、それってどういう――あっ』

短く叫んで、佐久間愛は電話先で沈黙した。彼女も平面委員会の秘密に気付いたのだろうか。

でも、そうではなかった。

『いやッ！ 離してッ！』

背筋が凍りついた。

『大三郎君、助けてッ！』

我に返った。一気に思考が現実に引き戻された。

「——おいッ！ どうしたんだ！」

でも、もう遅かった。

すでに通話は切れていた。

僕はしばらく携帯電話を片手に、呆然とその場所に立ち尽くしていた。

いったい、どうしたというんだ？ 彼女の身になにがあったんだ？

呆然としたまま動けなかったけど、こんなことをしている場合じゃない。一刻も早く彼女を助けなければ。でも、どうやって？

決まってる、警察に通報するのだ。佐久間愛に自分の身になにかあったら通報してくれと頼んだくせに、逆の立場になったらとっさに行動できない、なんて僕は駄目な男なんだ。
自分を叱責しながら、僕は一一〇番に連絡しようと、携帯電話を持つ指を動かした――。

その時だった。
携帯に、メールが入った。
宮里真希からだった。
僕はそのメールを開いた。
たった二行のメッセージだった。

『現在のクエスト。
地球平面委員会にさらわれた佐久間愛を救い出せ』

17

Start of the world

僕は再びここに戻ってきた。

六号館にある、平面委員会の委員会室。

宮里真希の自宅から大学に戻ってくるまで、結局一時間近くかかってしまった。その間に警察に相談しようという考えは、頭の中には浮かばなかった。

戻ってこなかったら警察に通報してくれと佐久間愛に頼んだのは、まだ連中の正体が分からなかったからだ。

今の段階で警察に事情を説明するよりも、地球平面委員会が僕に残しただろうヒントを探した方が、すぐに佐久間愛が囚《とら》われている場所が分かるはずだという考えもあった。

それから通報した方が、事態はスムーズに進むだろう。

講義はあらかた終わっているだろうから六号館は施錠されていると思ったが、扉に鍵はかかっていなかった。彼らが僕のために扉を開けておいてくれたのだろうか。曇りガラスの向こう側には電灯がついていなかった。真っ暗だった。しかし、僕を待ち伏せて誰かが潜んでいるかもしれない。

僕はそっとドアノブに触れ、後ずさりし、身構え、そして勢いよくドアを開いた。

しかし部屋の中には人の気配がまるでなかった。

壁際のスイッチを押して蛍光灯をつけた。

誰もいなかった。人が隠れるようなスペースもない。

落ち着け、そう自分に言い聞かす。ヒントはきっとこの部屋にあるはずだ。そうでなければおかしいのだ。

壁に貼られたこの町の地図を見た。前回目にした時には存在しなかったマーキングが、その地図には施されていた。

青いマジックで、地図の上部、六分の一ほどが大ざっぱに塗られている。一方地図の下部は同じように、今度は赤いマジックで塗られている。

思った通りだった。

青いマジックの地域は水を撒かれて凍りついた町の一角で、赤いマジックの地域は放火された倉庫がある場所だった。

なにかヒントが隠されていそうなものはないかと周囲を見回すと、あのマネキン人形が目に飛び込んできた。

少し躊躇した後、僕はゆっくりとマネキン人形に近づいていった。前回メッセージを聞いたのではない方だ。

いったい、こいつはなにを喋るのだろう——。期待と恐れが、半々だった。

一歩一歩近づく、どれぐらい近づけば喋るのか、一回しか経験していないからよく分からない。

でも、どうやらマネキンに取り付けられたセンサーの圏内に入ったようで、すぐにメッセージが聞こえてきた。

『あんたたちが探している娘だったら、町の南につれて行かれたよ』

ビンゴだ。

僕は早足で委員会室を後にした。そしてそのまま六号館を出る。

夜道を歩きながら、携帯で警察署に連絡した。

笠木を殺した時、僕に事情聴取した刑事に繋げてくれと言ったが、今いないと素っ気ない言葉が返ってきた。

でも、誰でもかまわない。

僕は必死の想いで、訴えた。

「助けてください。友達の女の子がさらわれたんです」

『落ち着いて、冷静になって、最初っから話してください』

こんな異常な事実を一から全部説明したって、頭の固い公務員たちが理解を示してくれるとはとても思えない。

「いいから、今すぐ、あの倉庫の火災現場跡まで警察官を寄こしてください。そこに、僕の友達は囚われているんです。僕も今から行きますけど、相手は凄い人数なんです。僕一人で助けられるかどうかは、とても分かりません」

『あの、だから、さらわれた時の状況をもう一度説明してくれますか？』

頭に血が上った。これでは埒があかない。

僕は叫んだ。

「いいから早く来てくれ！　まごまごしてると、またコンクリートで塗り固められた死体が増えることになるんだよ！」

それだけ言って、通話を切った。悪戯と思われたかもしれないが、それでも一応、念のため調べてみてくれるだろう。

次第に僕は早足になり、駆け出した。こんなに走ったことは大学に入学して初めてだった。

夜の町を、夜の風を切って、僕はただがむしゃらに、町の南へと向かって走った。

18

やがて、僕は辿り着いた。

あの倉庫の火災現場跡。

勿論、あの時張り巡らされていた現場維持のためのテープなどはとうの昔に撤去され、今はただ野ざらしになっていた。駐車場になるという噂も出てきたが、噂は噂だった。

僕はその中に踏み入っていった。

向こうに民家が建っているが、結構距離がある。大声を出せば住民に聞こえるだろうか。

僕は焼け跡の中心付近で立ち止まった。

周囲を見回した。

人の気配が、する。

「どこにいる！」

僕は力の限り叫んだ。

耳をすました。夜風が聞こえた。

その音に乗って、
微かな声が。

「――ここにいるよ」

僕はそちらを向いた。

暗闇から、宮里真希が姿を現した。

僕を見て、微笑んだ。

「やっと答えに、気付いたのね」

「――どうして気付いたと分かる？」

「だって、地球平面委員会の正体に気付かなければ、ここに来ることはできないはずだから」

宮里真希の髪が風になびき、その微笑を彩った。あの赤いコートのポケットに手を突っ込んで、悠然とその場所に立っていた。

「委員会に入る気になった？」

「――誰が入るか」

彼女の問いに、僕は吐き捨てるように答えた。

「どうして？　あなたが自分の意思で地球平面委員会の説明会にやって来たんだよ？　運命に間違いないって、どうして思わないの？」

「知るかッ」

「知らないっていうの？」

「どうして、あんたたちは僕に固執する？　あんたたちが異常な考えを抱いているのは分かる。だけど、それが僕とどういう共通点があるっていうんだ！」

宮里真希の笑顔が、だんだんと消えていった。

「どうして？　どうしてそんなことを言うの？　答えは一目瞭然じゃない！　そこまで気付いて、どうして分からないの？」

分からなかった。

「この期に及んで、まだ僕が自分で気付かなければ駄目だ、なんて言うのか？　頼むから、ヒントぐらい教えてくれ」

宮里真希は呆れたようにため息をついた。

「名前だよ！　あなたの名前と私たちの名前には、あきらかに共通点があるじゃない！」

名前が分かっている地球平面委員会のメンバー。

宮里真希。

福島古太。

団田正樹。

そして、僕。

大三郎・クイーン。

僕は、恐る恐る言った。

「エラリー・クイーンの孫だというのが、なにか関係しているのか？」

「そんなもの、関係ないよ。ただ重要なのは名前だけ」

血筋ではなく、僕の名前、そのもの。

「まさか――」

一つの可能性が頭に浮かんで、僕は呟くように言った。

「イニシャルが関係しているとか？」

宮里真希は微笑んだ。

きっと僕は彼女が望んだ答えを出したのだ。

ＭＭ

ＦＦ
ＤＭ
そして、僕。

ＤＱ
馬鹿馬鹿しい。

茶番劇だ。

こんな馬鹿げた話があってたまるか。

ＤＱ、つまり――。

「――ドラゴンクエストのことか？」

「そうよ――」

宮里真希は本当に嬉しそうに言った。

「やっと気付いたのね」

「ＦＦは、ファイナルファンタジー？」

宮里真希は頷く。

「ＭＭは？　ＤＭは？」

「知らない？　マイト＆マジックと、ダンジョンマスター。どっちも世界的に超有名な

RPGだよ」

飄々《ひょうひょう》と語る彼女が恐ろしかった。知らない、分からない。そんなもの分かりたくない。

「そんなのは、卑怯だ」

「卑怯？」

「ダブルスタンダードだ、僕だけファーストネームとラストネームが逆になってる。本当だったらクイーン・大三郎、つまりQDのはずだ。ドラゴンクエストには、ならない」

「なに言ってるの？　そんなの関係ない。私ずっとあなたのことを大三郎・クイーンって呼んでいたじゃない！　普段私たちが相手をどんなふうに呼んでるのかが、一番重要なのよ」

「そんなのは——知ったことじゃない」

これで、すべてが分かった。

あの宮里真希の部屋で僕が見たものは——ファイナルファンタジーⅧのポスターだった。

部屋中に、ありとあらゆるゲーム機があった。

ファミコン、スーパーファミコン、プレイステーション、メガドライブ、PCエンジン、ゲームボーイ、セガサターン、ドリームキャスト、Xボックス、NINTENDO64、ゲームキューブ——その他もろもろ、勿論パソコンもあった。
　そして本棚の半分以上を占拠しているのはゲームの攻略本。ゲームのソフトはガラスケースにしまわれていた。みなRPGの部類に入るゲームのようだった。

「結局、あんたたちはなにがやりたかったんだ——？」

「なにがやりたかった？　ねえ大三郎・クイーン君？　どうして私たちがここに火をつけたのか分かる？」

「分かるさ——それは、ここが町の最南端だからだ。もっと正確に言うと、あの正方形の地図の一番下、つまり南にこの町は位置していた。RPGのマップでは南に行くほど暑い地帯になり、北に行くほど寒い地帯になる。それをあんたたちはこの町で再現したかったんでしょう？　町を凍らすには寒い冬を待たなければならない。そしてそのプロジェクトは平面委員会のメンバーを総動員させるほど大掛かりなものだ。一方、放火は重罪だ。どっちを先にやったとしても捜査の目が厳しくなるのは目に見えている。だから半年もの期間を空けて、あんたたちはその時期をうかがってたんだ」

　宮里真希は口笛を吹いた。

「ご名答。やっぱりあなたは平面委員会のメンバーにふさわしいね。倉庫に火をつけるのも、町を凍らせるのも、大変だったのよ。下準備に一年ぐらいかかったのよ。皆よく協力してくれたから、滞りなくプロジェクトは完了したけどね」

「学長室の金庫を破ったのもあんたたちだ。事件になってないみたいだけど、学校側が通報しなかっただけで、そういう事実は確かに存在した、そうだろう？」

宮里真希は僕が次から次へと事実をつきつけても、決して動じることはない。

「もしそれが私たちの仕業だとしたら、どうしてそんなことをやったと？」

「RPGでは、ダンジョンに存在する宝箱は勝手に開けて中のゴールドやアイテムを自由に持ち帰ってもいいことになっている。でも、それは本来おかしいことなんだ。宝箱にしまってあるということは、誰かがそこに宝物を保管してあるということだろう？つまり金庫のような役割を果たしているということだ。それを勝手にプレイヤーが宝箱と決め付けて中身をちゃっかりいただく。強奪だ。窃盗だ。泥棒だ。でもそれはゲームの中では犯罪としてとがめられることは決してない。あんたたちのパーティーの中にシーフがいたんだろう？　盗賊が。そいつに金庫を破らせたんだ」

「そう。窃盗の常習犯で出所してきたばかりの人も、メンバーの中にいるからね。簡単なもんだよ」

簡単に彼女は、自分たちの罪を認めた。

罪悪感など、これっぽっちもないに違いない。すべてはゲームなのだから。

「あの、喋るマネキン人形は、ゲームに登場する街の住人を意味しているんだろう？」

「そうよ。プレイヤーは街の住民たちに話を聞いてゲームのクリアに必要な情報を集めなければならない。ゲームに登場する一般人って何回話を聞きに行っても、オウム返しみたいに同じことばっかり繰り返すの。笑っちゃうでしょう？　でも大三郎君はその人たちに感謝しなくちゃね。そのおかげでここに辿り着けたんだから」

宮里真希から視線を逸らし、小さく息を吐いた。震える心を必死で抑えた。

「スタート・オブ・ザ・ワールド――」

あの部屋のドアに貼られていたメッセージを呟いた。

ゲームソフトを買ってきて、わくわくしながらゲーム機にセットする。マニュアルとにらめっこしながら、パーティー構成の計画を立て、キャラクターの能力値を決定する。そしてゲームが始まった時、プレイヤーはゲームの最初の地点に送り込まれる。大抵、街や、街の近くの道だ。初めて来た場所。右も左も分からない。でも確かにゲームの世界はここから始まるのだ。

あの部屋は、ゲームのスタート地点を意味していたのだ。

「――青山先生の研究室にレポートを提出しに行かせたのは？　それも〝クエスト〟な

のか？」

「そうよ。レベルアップのために必要な経験値は、敵と戦う他に、命じられた試練やお使いをこなすことで獲得できる。特にそれが顕著なのがマイト＆マジックなの。手紙を城の偉い人に届けろとか、娘が迷子になったから探してきてくださいとか、王子様を喜ばせてさしあげろとか、そんなの自分でやれよって言いたくなるほど細かい仕事を言いつけられるの。私、そのゲームが大好きだった。シリーズ全部やったわ。クエストは、どれから手をつけてもいいし、またやらなくたっていいの。クリアに必要なクエストは限られてる。必要でないクエストの方がずっと多いんだから。なにからこなしてもいいから、逆になにをすればいいのか分からない。人生と同じ。実にリアルなゲームでしょう？」

「――異常だ」

「異常なんかじゃないわ」

「違法なことをしてまで、ゲームを現実に再現しようだなんて――。しかも地球が平らだなんてことをかかげて――」

「どうして？　なにが不思議なの？　どこが異常なの？　ＲＰＧの世界は、平らなのよ。大抵のＲＰＧには寒い地域は一ヶ所しかない。北に行くと寒くなり、南に行くと暑くなる。でもそんなの、世界が丸いものだとしたら、考えられないことよね？　世界が丸くて、自転していたら、寒い地域は二ヶ所出来るはず。つまり北極と、南極よ。でもＲＰＧにはそんな概念はない」

　僕は昔遊んだＲＰＧのことを思い出した。そのゲームの中では、確かに世界は丸かった。一周することだってできたのだ。

「北の寒い地帯に到着しても、それからずっと北に進んで行くと、やがて南に出るゲームだってあるじゃないか！　それが世界が丸いってことの何よりの証明だろ？　それにＲＰＧは途中、ＣＧで作られたムービーでプレイが中断されることが少なくない。そういう時、宇宙から見た世界は、大抵球体に描かれてる！」

「それは違う。丸い地球では北を通過すると、今度は南に向かって旅をすることになる。でも、ＲＰＧでは北を通過すると、いきなり南に着くんだよ？　南へ旅するプロセスが丸々抜け落ちている。そんな丸い世界ってありなの？　つまり答えは一つなのよ。ＲＰＧは最初っから平らな世界で存在するよう作られた物語だった。それをゲームのクリエーターたちが、現在の文脈で翻訳する時に私たちの常識に合わせて丸く作ってるだけなのよ。だから矛盾が生じる。それをごまかすために、ムービーのシーンがあるのよ。世界が丸いものだって信じ込ませようとするために、わざわざＣＧで丸い地球を作る。平面の世界地図は歪《ゆが》んでるって、よく言うでしょう？　本当は丸い地球を無理やり平面で描くもんだから、所々現実とは齟齬《そご》が生じるって。RPGもそれと同じこと。本当は平らな世界を、無理やり丸くしようとするから、おかしなところが出てくる」

「それは、ゲームの舞台を丸くするよりも平らにした方がプログラミングの設計がしやすいっていうだけだ――」

「だったらどうして素直に、平らな世界の物語としてゲームを作らないの？」

「そんなの僕に聞かれたって、知るかッ！」

宮里真希が理解できなかった。彼女の気持ちをすくい取ろうとしたけど、どうしてもできなかった。まるで彼女と僕は違う世界の住人のようだった。

そう、違う世界。彼女はそこで生きているのだ。

「私、ずっと思ってた――」

宮里真希は語り始めた。

「自分のイニシャルが大好きなマイト&マジックと同じ〝MM〟だってことに、私、ずっと運命的なものを感じていた。現実には違和感を感じていた。ゲームの世界の方がずっと自分らしくいられた。だって、ゲームの中では一生懸命努力すれば、必ず報われるもの！　ゲームを始めた時は、みんな平等なの。お金持ちだから特別に経験値を多く持ってゲームをスタートできるなんて、決してあり得ない！　この現実も、そうあるべきだと思わない？」

決して、思わない。

彼女は、異常だ。

「福島君も、団田君もそう思っていた。同じ気持ちを抱えていた私たちが、偶然この大学で出会った。だから私たちは地球平面委員会を作った。この大学には仲間が三人しかいなかったけど、全国にはきっと私たちと同じ気持ちの人たちがきっと沢山いるだろうって思った。だからホームページも作った。思った通りだった。全国から面白いようにメールが届いた。勿論、三人で始めた当時から今回の計画は考えていた。でも、おおっぴらにRPGの思想を訴えることはできなかったから、秘密裏に、少しずつ会員を集めたのよ。それでも百人以上が集まった。声を大にして呼びかければきっともっと沢山集まるはず」

「——僕をそんな連中と一緒にしないでくれ」

「——どうして？　ドラゴンクエストと同じ、DQなんてイニシャルの人、絶対にいないだろうなって私思ってた。それなのに、ドラゴンクエストのイニシャルを持った人が自分の意思で地球平面委員会にやって来たのよ。これが運命じゃなかったら、いったいなんなの？」

その彼女の言葉を聞きながら、どうして僕は、あの日、地球平面委員会の委員会室に行ったのだろうかと考えた。

でも、自分のことなのに、僕はまったく分からなかった。

僕はいつもそうだった。

自分で決めたことなのに、どうしてそんな選択をしたのか、客観的に考えることができない。

「ドラゴンクエストなんて――やったことない」

そう言うのがやっとだった。

「そう？　でも平気よ、明日からやれば。きっとあなたも夢中になる。だって同じイニシャルだから。自分と同じイニシャルのゲームは、絶対に楽しめるはず。私たちがそうだったんだから。きっとあなたもそうに違いない」

「――それで、犯罪までやったのか？」

「まあ犯罪と言えば犯罪だね。でも、とがめられることなんかしていないつもりだよ」

「とがめられることなんか、していない？」

「そうだよ。ここに建ってた倉庫には、産業廃棄物がため込まれていた。捨てるに捨てられないゴミを一時的に保管してたのよ。でも、それも限界がきていた。いつかキャパシティがいっぱいになって、溢れるのは目に見えてた。だから私たちが綺麗にしてあげたの。学長室の金庫だってそうよ。あの金庫の中にあったお金、なんのお金だか知ってる？　裏口入学の業者から回ってきたお金だったのよ！　だから事件にならなかった。大学側が揉み消してくれた。そんなお金を盗んで、どうして罪悪感を抱かなくちゃいけないの？　町を凍らせたことだって、ちょっとしたジョークみたいなもの。すべって転んだ人はいたみたいだけど、それで誰かが骨折したなんてニュースは一つもなかった。みんなに話題を提供して、綺麗な氷のアートで目を楽しませてあげたの。悪いことなんかじゃないわ」

確かに、それらの事件は、どうとでも言えるだろう。でも、

「笠木を殺したことも、そうだっていうのか！」

宮里真希の目に浮かんだ僅かな動揺を、僕は見逃さなかった。

「あんたは笠木を殺したことに、罪悪感を抱いているんだ！　だから笠木の通夜にも来た！　泣いてるあいつの両親、見ただろう？　それでもまだ悪いことをしたつもりはないっていうのか？」

宮里真希は目を伏せた。僕から視線を逸らした。その仕草からも、彼女に後ろめたい

気持ちがあるのがよく分かった。

「あれは事故よ。仕方なかった。それに信じたくはないでしょうけど、笠木君は酷い人なのよ」

「嘘だ」

「嘘じゃない。あの日、笠木君が地球平面委員会に来た時、私たちになにを要求したか分かる？ 学長室の金庫の中のお金をくれって言ってきたのよ。勿論全部くれとは言わなかった。でも、少しでも渡してしまったら、今後もそういう関係が続くことになる。私たちは、火事とも盗難の事件とも無関係だって言ったよ。でも、笠木君は言うことを聞かなかったら警察に行くって、警察が調べれば証拠なんていくらでも出てくるって」

笠木の馬鹿が。そう僕は思ってしまった。笠木が殺された時だって、僕は警察に地球平面委員会が怪しいと散々訴えたけど、彼らは聞く耳をもたなかったのだ。調べれば証拠は出るかもしれないけど、調べるためには疑いを抱かなければならない。それには相当の理由がいる。

地球平面思想を信じる集団、という異常な外見もカモフラージュの役割を果たしたのかもしれない。一応、特定の思想や宗教を信じる人間を差別してはいけないシステムに、この社会はなっているのだ。

「勿論、私は、そんな脅しには耳を傾けなかったんだけど、福島君がそれに動揺しちゃったの。揉み合って、乱闘を始めて、机と椅子に頭からつっ込んで——笠木君は動かなくなっていた。私、正直自業自得だと思ったわ。だって恐喝するような人間なのよ？」

「だからって、だからって——」

後ろめたいものをもっている相手を恐喝するぐらいなんだっていうんだ、自分たちだって汚れた金だから盗んだんじゃないか——そんなあれこれが頭に浮かんだけど、言葉にならなかった。

「私たちは笠木君の死体をコンクリートで固めて、放置した。いつかマネキン人形でやろうと思っていたから、一年前から準備していた」

もうその理由を聞く必要もなかった。

ＲＰＧの世界では、キャラクターはごく日常的に——当たり前のことのように、石になるのだ。石化だ。魔法をかけられたり、メデューサと闘うとそうなる。

「こんなことをやれば、きっとあなたは地球平面委員会がＲＰＧだってことに気付くと思った。人間が石になるシチュエーションはどんな時だろうって考えていけば、真っ先に剣と魔法のファンタジーを思いつくって。そこまでくればＲＰＧまで後一歩だよ。でも、それでもあなたは気付かなかった！」

もうその理論に付き合う気力も残っていない。どうせ人が死んでも、呪文を唱えればまた再び蘇るのだとでも言うのだろう。

「いい？　ゲームの世界では、仲間と力を合わせて困難に立ち向かう、強大な敵を打ち破るの。愛と、勇気と、冒険の物語。私たちが暮らすリアルな現実世界も、そうでなくちゃいけないのよ。戦って戦って戦って、知力を振り絞って、栄光を自分で勝ち取らなくちゃ生きてはいけない。そういう世界があるべき姿なのよ！」

「もう、いい――」

僕は首を横に振った。

「なにが、いいの？」

とんでもない茶番劇だ。

「ここに来る前に、警察に電話した。もう来てもいいはずだ」

「どこで？」

「――大学だ。六号館の近く」

「なんて言って通報したの？　賭けてもいいけど、悪戯として処理されているよ。大学で通報したんだったら、時間的に考えてとっくのとうにパトカーが来てなくちゃおかしいじゃない。本気であなたの電話を信じているのならね」

僕は再び、首を振った。

「そんなことは、どうでもいい」

「そんなこと？」

「僕はもう帰る」

宮里真希が眉間に皺を寄せた。

「だから、佐久間愛を返せ」

「ただで返せると思ってるの？」

そう言いながら、彼女は右手を上げた。

宮里真希の後ろから三つの影が現れた。いったい今までどこに隠れていたのだろう。

団田正樹と、福島古太と、そして——。

二人に両腕を抱え込むようにつかまれている佐久間愛。とても怯えた目をしていた。だけど叫び声を出すことはできない。口をガムテープでふさがれていたからだ。

「手荒なことをするつもりはなかったんだけどね。彼女が散々泣きわめくから、可哀想だけど、静かにしてもらったわ」

そして僕は、現れた影は三つだけでないことにすぐに気付いた。

周囲を見回した。見知らぬ影たちに、僕は完全に囲まれていた。二十人、いや三十人？　とにかく沢山だ。

　きっと、これが地球平面委員会のメンバーなのだ。僕というスペシャルなゲストを迎えるために呼び寄せたに違いない。

「ただでは返さないよ」

　宮里真希はもう一度同じことを言った。

「彼女を、返せ」

　だから僕も、同じことを言った。

　三度目は、なしだ。

　僕は一歩一歩彼女の方に近づいた。

　影たちも僕に近づいてくる。取り囲む彼らの輪も、少しずつせばまってくる。

「どうやって戦うつもり？　剣、魔法？　勝ち目はある？　一度逃げて、パーティーを増やしてから戻ってくるのも、ありだからね」

　知ったことじゃない。

　僕は彼らのシステムには組み込まれない。

　この世界は、決して、ゲームなんかじゃない。

　現実だって、努力すれば報われることもある。

たとえば、今のように。
本気で戦えば、
彼らを殺すことだって厭《いと》わなければ、
佐久間愛を助け出せるはずだ。
そう、絶対に。
一歩一歩足を進める。
土の感触、握りしめた掌の汗の感触を確かめる。
すべてが、感覚に訴えてくる。
この世界はゲームなんかよりも、もっとずっと複雑だ。
守るべきものもある。
だから素晴らしい。
生きる価値がある。
戦う価値だって。
だってこの世界は、
現実なのだから。

大三郎・クイーン	
年齢	19/19
レベル	3 / 3
経験値	5159
力	14/14
知性	11/11
カリスマ	20/20
耐久力	14/14
器用度	9 / 9
速さ	10/10
運	11/11
ヒットポイント	45/47
マジックポイント	40/46
アーマークラス	19/19
状態	状態：良好
即効呪文	即効呪文：なし
現在の報奨	
青山助教授にレポートを届けた	
地球平面委員会の謎を解き明かした	
佐久間愛を救い出した	

引用及び参考文献

『次元がいっぱい』アイザック・アシモフ著　酒井昭伸訳　ハヤカワ文庫
『コズミック　世紀末探偵神話』清涼院流水著　講談社ノベルス
『サイキック』コリン・ウィルソン著　梶元靖子訳　三笠書房
『新・トンデモ超常現象　56の真相』皆神龍太郎・志水一夫・加門正一著　太田出版
『ドイル傑作集II　海洋奇談編』コナン・ドイル著　延原謙訳　新潮文庫

この作品は書き下ろしです。原稿枚数351枚（400字詰め）。

地《ち》球《きゅう》平《へい》面《めん》委《い》員《いん》会《かい》

浦《うら》賀《が》和《かず》宏《ひろ》

平成14年10月25日　初版発行
平成24年8月10日　2版発行

発行人——石原正康
編集人——菊地朱雅子
発行所——株式会社幻冬舎
〒151-0051東京都渋谷区千駄ヶ谷4-9-7
電話　03(5411)6222(営業)
　　　03(5411)6211(編集)
振替00120-8-767643
印刷・製本—株式会社　光邦
装丁者——高橋雅之

幻冬舎文庫

ISBN4-344-40279-0　C0193　う-5-1

幻冬舎ホームページアドレス　http://www.gentosha.co.jp/
この本に関するご意見・ご感想をメールでお寄せいただく場合は、
comment@gentosha.co.jpまで。